BESTSELLER

Arantza Portabales (San Sebastián, 1973) es licenciada en Derecho por la Universidad de Santiago de Compostela. Tras participar en obras colectivas como *40 plumas y pico*, *Las palabras contadas*, *Lecturas d'Espagne*, *Purorrelato de Casa África*, *Escribo 3*, *Microvuelos* y *Cincuentos*, en 2015 publicó su primer libro de microrrelatos, *A Celeste la compré en un rastrillo*, así como su primera novela en lengua gallega, *Sobrevivindo*, merecedora del XV Premio de Novela por Entregas de *La Voz de Galicia* y que la autora ha reescrito para su publicación en castellano con el título de *Sobreviviendo* (2022). En 2017, su relato «Circular C1: Cuatro Caminos-Embajadores» obtuvo el Premio de Narración Breve de la UNED, y su microrrelato «Las musas» resultó ganador del concurso de la Microbiblioteca de Barberà del Vallès. Su segunda novela, *Deje su mensaje después de la señal* (2018), publicada inicialmente en gallego, fue ganadora del Premio Novela Europea Casino de Santiago 2021 y el Premio Manuel Murguía de relato. Con *Belleza roja* (2019), ganadora del Premio Frei Martín Sarmiento, inició la serie protagonizada por la pareja de policías Abad y Barroso, que continúa en *La vida secreta de Úrsula Bas* (2021), *El hombre que mató a Antía Morgade* (2023) y *Asesinato en la Casa Rosa* (2025).

Biblioteca
ARANTZA PORTABALES

Sobreviviendo

DEBOLS!LLO

Papel certificado por el Forest Stewardship Council®

Primera edición en Debolsillo: enero de 2025

Printed in Spain – Impreso en España

ISBN: 978-84-663-6422-5
Depósito legal: B-19.205-2024

Compuesto en M. I. Maquetación, S. L.
Impreso en Novoprint
Sant Andreu de la Barca (Barcelona)

P 3 6 4 2 2 5

Ante la idea de que ella era tan capaz como cualquier hombre, a Scarlett la embargó una oleada de orgullo y un violento deseo de probarlo, de ganar dinero por sí sola, como lo ganan los hombres. Dinero que sería suyo propio, del que no tendría que pedir ni que dar después cuentas a ningún hombre.

MARGARET MITCHELL,
Lo que el viento se llevó

Tristemente puesta en pie
acaricias con los dedos
la esperanza muerta,
la torpeza y la vergüenza
de este año que no fue,
ese año que esperábamos tener.
Y lamentas con miradas
lo que no se puede ni explicar,
lo que no has guardado,
porque al no ser lo esperado
no quisiste ni archivar
ni un solo momento,
ni un segundo odiado,
de este amor impuro y agotado,
enfermo y delicado,
pequeño y despistado que se apaga.
Este amor se apaga,
como se apagan los impulsos de tu amor,
como terminan los mensajes que no mandas,
este amor... se apaga.

IVÁN FERREIRO, «Extrema pobreza»

Casting

VAL
Madrid, 6 de marzo de 2000

Sonrió, pero no demasiado. Solo el punto justo que había ensayado delante del espejo esa mañana. El de la derecha dirigía miradas furtivas a su escote. Su escasa generosidad debió de sorprenderle, porque arqueó una ceja con ademán irónico. Ella le respondió con un gesto idéntico. Una pequeña carcajada escapó de la boca de él. «Pillado», parecían decirle sus ojos. Era atractivo a su manera. A su lado, un hombre de unos sesenta años contemplaba la escena con aire contrariado.

Rápidamente recuperó la compostura. Lo miró de frente. Era de los que se impresionaban a la primera de cambio, incapaz de mirarla de lleno a los ojos. Por ahí todo controlado. La mujer era otra cosa, no se dejaría engañar por su presunta seguridad.

—Haga el favor de presentarse como si no supiéramos nada de usted —dijo ella.

—Me llamo Valentina Valdés, pero todo el mundo me llama Val. Tengo treinta años, un hijo de catorce y dos carreras universitarias: Derecho y Periodismo. También tengo un máster en Comunicación Audiovisual. Y soy viuda.

—Curioso currículum. Me atrevo a decir que esta presentación suscita muchas preguntas. Hablo por los tres.

—¿Val de Valentina o de Valdés? —preguntó el más joven.

—Supongo que de ambos, y permítame decirle que no era esa la primera pregunta que esperaba —contestó ella.

—¿Y qué esperaba? —preguntó la mujer.

—¿Por qué tuve un hijo de tan joven? ¿Cómo conseguí seguir estudiando? ¿De qué murió mi marido? Esas eran las preguntas que esperaba.

La mujer le sonrió por primera vez.

—Son muchas preguntas juntas.

—Que se responden enseguida. Me casé embarazada a los quince años. Mi marido era un hombre mayor. De hecho, mucho mayor que yo. Tenía una posición muy acomodada y nunca le importó que estudiase. La verdad es que se metía poco en esas cosas.

—Y entonces ¿qué hace usted aquí?

—El año pasado mi marido perdió su fortuna y de repente todo se vino abajo. Les ahorraré los detalles, basta con que sepan que se suicidó.

—Puede que no quiera darnos detalles, pero acabarán saliendo a la luz si al final la seleccionamos —insistió la mujer—. Si supera esta entrevista, todos estos datos se harán públicos, serán debatidos y expuestos. El proyecto que tenemos en mente es del todo innovador. Ignoro si sabe lo que es un programa de telerrealidad.

—Por supuesto que sí, ya les he dicho que tengo un máster en Comunicación Audiovisual. He estudiado el fenómeno en otros países. Los participantes de su programa pondrán su vida a disposición de la audiencia. Si son listos, escogerán las vidas más interesantes. Solo tengo que convencerlos de que la mía lo es.

—¿No le importa el daño que todo esto le puede hacer a su hijo?

—Está en un internado en Suiza. No podré vetar el acceso a toda la información, pero les aseguro que no será como si estuviera aquí, en España. Me ocuparé de eso.

—Usted no es el tipo de persona que acude a estas entrevistas. ¿Qué le hace pensar que es usted el perfil que estamos buscando?

—¿Cuál es el perfil? ¿Realmente tienen uno? Creo que no lo tienen. Creo que no tienen ni idea de lo que están buscando. Es más, creo que me necesitan. Soy inteligente, domino mis emociones y conozco los medios. Puede que no sea lo que ustedes creen que buscan, pero les diré una cosa: sé lo que quieren: quieren revolucionar su canal. Hacer algo que nunca se ha hecho. Y no solo sé lo que quieren: también sé cómo lograrlo.

—Lo tiene usted muy claro —dijo la mujer—. Está bien. Encenderemos la cámara. Mírela fijamente y díganos qué puede aportar usted a nuestro reality.

—Haremos algo mejor: ustedes van a dejar apagada esa cámara, y yo les diré toda la verdad.

—¿Y cuál es la verdad? —preguntó el más joven.

—La verdad es que he aguantado a un viejo asqueroso durante catorce interminables años y su familia quiere dejarme en la calle con lo puesto. La verdad es que después de moverme en los círculos más selectos de Madrid no me voy a conformar con una mísera pensión. La verdad es que yo conozco su negocio mejor que toda esa panda de indeseables que está ahí fuera, esperando su oportunidad para lucir músculos y tetas. La verdad es que, por encima de todo, quiero esos cien millones de pesetas. Soy lo bastante lista para asegurarles el éxito. Soy inteligente, manipuladora, culta y una verdadera hija de puta cuando me lo propongo. Y por si aún no se han dado cuenta, estoy muy pero que muy buena.

Lanzó un vistazo desafiante. Las cartas boca arriba.

Tras un angustioso silencio, el hombre mayor dibujó una leve sonrisa en su cara.

—¿Dónde demonios has estado escondida hasta ahora, Val?

Asesina

ROI
Madrid, 18 de mayo de 2013

El rutinario sonido de la alarma del iPhone comenzó a elevar su volumen por enésima vez. Roi estiró el brazo en un vano intento de apagarla al tiempo que luchaba por abrir los ojos. Sentía la boca seca y las sienes le latían con fuerza.

—¡Hola, chico Wagner!

La dueña de la voz resultó ser una rubia de unos veinte años que le sonreía desnuda y tumbada junto a él en la cama. Miró el reloj. Mierda. Le había prometido a la abuela Wagner que la recogería para acompañarla al tanatorio. Ni siquiera recordaba quién había muerto. Se levantó casi de un salto, sabiendo de antemano que el esfuerzo resultaría inútil. Pasaban de las doce.

—Jana.

—¿Qué?

—Me llamo Jana, de Alejandra.

—Ya. Oye, Jana, lo pasamos muy bien anoche, pero ahora tengo que marcharme.

—Por supuesto, chico Wagner.

—Me llamo Roi.

—Sé cómo te llamas.

Desde luego que lo sabía. Todas lo sabían. Siempre. Los acontecimientos de la noche anterior fueron aclarándose poco a poco. Otra noche idéntica. Cambiaba el local, la chica, la habitación donde se despertaba. Lo que no cambiaba nunca eran las sonrisas forzadas y los silencios incómodos.

—Claro... Tengo que irme. Te llamaré, ¿vale? —prometió mientras se vestía a toda prisa.

Los dos sabían que no lo haría. Ni siquiera recordaba si le había pedido su número de teléfono. Roi hizo una leve señal con la mano y se dirigió a la puerta.

Los rayos del sol lo atacaron sin piedad. Sorprendido, se percató de que estaba cerca de la casa de la abuela Wagner. Antes de llegar allí tenía que rescatar su coche. El iPhone comenzó a vibrar de nuevo. Echó una ojeada rápida: catorce llamadas perdidas. Casi todas de la abuela. Una de su novia. Dos de Alonso. Buscó en el bolsillo de la cazadora las gafas de sol; no estaban. Impaciente, pulsó el botón de rellamada.

—Abuela, soy Roi. ¿Ha pasado algo?

—¿No lo sabes?

—¿El qué?

—Por teléfono no. Ven a casa. Inmediatamente. —El tono de la anciana no daba lugar a réplica.

El latido sordo de las sienes se acentuó mientras corría por la calle. Las vibraciones del teléfono no cesaban. Lo apagó y buscó las llaves en el otro bolsillo. Maldijo cuando se dio cuenta de que también las había perdido. Llamó al timbre y le abrió la asistenta.

Encontró a la abuela Wagner sentada en su silla de ruedas. Emilia Wagner, de soltera Schütz, acababa de cumplir noventa y ocho años, pero conservaba una mente lúcida y un rictus severo que solo cedía en presencia de Roi. No sucedió así esta vez.

—Es tu madre. Sabía que algún día haría algo así. No es buena. Qué tonterías digo. Nunca lo ha sido. Cuando Matías apareció con ella, con esa cara de no haber roto nunca un plato, yo ya sabía...

—Abuela, por favor, estás fuera de ti. Para. ¿Qué ha pasado?

—Nunca fue buena. No quiere mi dinero, decía él. Está sola. Solo me tiene a mí. ¡Qué estupidez! ¿Qué mujer se queda preñada de un hombre que podría ser su padre? ¿Te lo digo? Una cualquiera. Esa es la clase de mujer que es tu madre.

—Abuela, no te consiento...

—¿No me consientes? ¿Tú no me consientes? ¡Ja! ¿Que no me consientes qué? ¿Quién te crio cuando ella decidió exponerse en la televisión? ¿Quién te visitó todos los meses en el colegio de Suiza mientras ella únicamente se preocupaba por amasar una fortuna? ¿Y quién te presentó a lo mejor de la sociedad cuando volviste de Oxford? Eres un Wagner, ¡por el amor de Dios! Nadie te relacionaba ya con ella fuera del Grupo LAV. Ella, ¡que no era más que la hija de una cocinera! Le prohibí usar nuestro apellido. ¿Para qué? Mañana a estas horas estará en todos los periódicos, como si fuésemos unos delincuentes.

—Cálmate. Dime qué ha pasado.

—Ha pasado que ha matado a un hombre. Está en todos los medios. Alonso viene de camino. Un hombre, Roi. En Santiago de Compostela. En Galicia.

—Eso es imposible, abuela. Tiene que ser un error.

—¡Un error! ¡Con ella nunca los hay! Ha confesado. Se entregó ayer. Si hay alguien capaz de esto, es ella, créeme.

La cabeza estaba a punto de explotarle. Se sentó en el sofá y miró fijamente a su abuela. Ella se acercó a él y le cogió la mano.

—No pienso permitir que te culpes por esto.

Roi no se molestó en contestarle. Se limitó a levantarse y salir de la habitación.

Encendió el móvil, y allí estaba. En titulares bien grandes. En negrita y mayúsculas:

ASESINA

Debajo, una increíble mujer de ojos verdes y mirada tranquila. La mujer que enamoró a un país y creó un imperio.
Su madre.
Valentina Valdés.

La mujer del periódico

ALONSO
Extracto de La Voz de Galicia, *19 de mayo de 2013*

ASESINA

La capital de Galicia amaneció ayer conmocionada tras la detención de Valentina Valdés por el asesinato de un hombre de cuarenta y dos años que responde a las iniciales D. L. C., y que apareció muerto en el paseo fluvial del río Sarela. La conocida empresaria se entregó en la comisaría a las 00.56 de la madrugada de ayer sábado y confesó la comisión del delito. Según fuentes fidedignas, Val Valdés entregó el arma homicida e indicó el lugar donde se encontraba el cuerpo. Hasta ayer por la mañana los medios no recogieron la noticia en las distintas ediciones digitales. En este momento tan solo se sabe que la detenida ya ha pasado a disposición judicial. El cuerpo fue trasladado al Instituto de Medicina Legal y se le practicará la autopsia. La jueza ha decretado el secreto de sumario.

Val Valdés saltó a la fama en el año 2000, tras participar en el primer reality televisivo de ámbito nacional. Compostelana de nacimiento, pasó la mayor parte de su vida en Madrid, adonde se trasladó con apenas quince años, tras contraer matrimonio con el empresario de origen alemán Matías Wagner. Viuda a los veintinueve años, se presentó al casting de la primera edición de *Sobreviviendo*, concurso dotado con un premio de cien millones de las antiguas pesetas, que ganó en un alarde estratégico y la colocó en la cumbre de su popularidad. Durante un periodo de cinco meses, la compostelana mostró múltiples personalidades que le aseguraron la permanencia en el concurso hasta el final. Tras hacerse con la victoria y una vez pasada la polvareda inicial, desapareció del panorama público y fundó el grupo empresarial LAV (Val al revés). El imperio LAV, como se conoce, constituye una de las más sólidas bases de la economía nacional, tan solo por detrás del Grupo Inditex. Célebre por diversificar sus ámbitos de actuación y por la apertura de nuevos mercados (pionero en el mercado chino), así como por la solvencia de sus activos, dirige el grupo con mano firme la afamada empresaria, que apenas se deja ver ante los focos desde hace más de una década.

Desde 2001, las únicas apariciones públicas de Val Valdés se han limitado a unos pocos actos vinculados al Grupo LAV. Esta estrategia de discreción se rompió con un sonado escándalo en el año 2004, cuando acudió a la boda de SS. MM. los príncipes de Asturias como acompañante del famoso aristócrata Alejandro Echeverri, amigo personal del príncipe y casado hasta esa fecha con la hija del marqués de Avellaneda. Aunque sin confirmar por ella, han sido muchos los romances que se le han atribuido a lo largo de estos años, desde el entrenador del Real Madrid, Klaus Weiss, hasta el italiano Silvio Letti, ejecutivo del canal que la lanzó a la fama.

Alonso Vila cerró el periódico y observó la fotografía de la portada. Parecía una desconocida. No era ella. Cuando uno la tenía delante, ese personaje se esfumaba. No era más que eso: un mero personaje. Pero detrás se encontraba Val. La mujer que te desarmaba con su ironía sutil y te cegaba con una hermosura que era de todo menos sutil. La Val que se te metía dentro, como una llovizna lenta que te iba calando poco a poco. No solía permitirse pensar en estos términos. Había aprendido a ignorar lo que sentía por ella. Tan solo así podía ser su abogado y su hombre de confianza.

Y aunque había logrado olvidar que la quería, recordaba a todas horas cómo era el mundo antes de Val Valdés. El mundo del que ella lo había rescatado en la clínica de Barcelona donde se conocieron. El mismo lugar donde Alonso halló el camino secreto que conducía al alma de Val. Sin embargo, en todos esos años, nunca, ni por un instante, dejó de lamentar que ese camino no fuera el mismo que conducía directamente a su cama.

Ad astra per aspera

DANI
Santiago de Compostela, 1 de diciembre de 2012

Santa Catalina 1988. Nuevo grupo de Facebook. Aceptar.

Ad astra per aspera. A medida que iba cargando la página, el lema del colegio Santa Catalina apareció rodeando el escudo del centro. A las estrellas por el camino difícil. Al triunfo a través del esfuerzo. Veintitrés miembros. Allí estaban sus excompañeros: Alicia, Mara, Manu, Rafa, Pedro, Berto...

Leyó los mensajes en diagonal.

Asunto: Cena veinticinco aniversario

Hola, estamos intentando reunir en este grupo de Facebook a todos los antiguos alumnos de la promoción del 88 de Santa Catalina. Día a día el grupo crece. Si recuerdas a alguien y tienes su correo electrónico o puedes localizarlo, ponlo en contacto con nosotros. Vamos a organizar una cena de promoción. Previsiblemente para mayo de 2013, en alguno de los días festivos para asegurar el éxito de la reunión. Seguimos en contacto, chic@s.

Aún no había acabado de leer todos los mensajes y ya se arrepentía de haber aceptado. No tenía ganas de volver atrás. Algunos nombres ni le sonaban. Daba igual, no iría a la cena. Sabía de antemano cómo sería. Sabía cómo iban esas cosas. Se pasarían la noche mintiendo. Todos hablarían de familias felices, de trabajos estupendos. Obviarían el hecho de que todos ocultaban sus patéticas vidas tras sus mentiras, igual de patéticas. Se dirían los unos a los otros que el tiempo no había pasado para ellos. Y sería exactamente así. Él seguiría exactamente así. Buscándola entre la gente.

Hubo una época en que la buscaba en cada esquina. En cada fiesta de la Ascensión. En cada Apóstol. Pero había dejado de buscarla. Por fin. Y si iba a esa cena, si volvía atrás, todo sucedería de nuevo. De hecho, ya estaba sucediendo. Otra vez.

Se tocó la cara como si, de pronto, el tiempo no hubiera pasado. Como si ella nunca se hubiera marchado. Casi podía sentir la bofetada de su madre cuando le prohibió salir de casa. Ir a verla. Dios, estaba loco por ella. Habría hecho cualquier cosa que le hubiese pedido, pero ella no quiso. Fue ella la que se empeñó en demostrar que su madre tenía razón, que no era más que una puta capaz de irse con otro. Y ahora solo podía recordar la rabia. La bofetada. Los días siguientes encerrado en la habitación, sin ganas de salir, sin saber si alguna vez volvería a verla. El dolor. El desprecio en la voz de su madre. Las miradas de lástima de sus compañeros de clase. Solo podía recordar sus ojos.

Bajó la vista buscando esos ojos entre las fotografías.

Se detuvo en un perfil sin foto. Tan solo una estrella azul y un fondo amarillo. Tina González V. Sintió que se ahogaba. Allí estaba. Después de todos esos años. Entró en su perfil. Tina González no comparte información con desconocidos. Así que eso era él. Un desconocido. Maldijo por lo bajo. Releyó de nuevo todos los mensajes.

Deseando veros. Tina G. V.

Corto y sencillo.

«Y ahora ¿cómo te encuentro, Tina?». Entró en Google. «Icono estrella azul». Buscar. La página se fue cargando, despacio. Muy despacio. Notó una punzada de excitación. Bingo. Grupo LAV.

Tina G. V.

Valentina González Valdés.

Val Valdés.

Una estrella azul iluminando su mente, como un foco de luz en el centro de esa oscuridad en la que lo había dejado sumido. En todos estos años, nunca había relacionado a esa Val con Tina. Apenas sabía nada de ese nombre. Le sonaba. Algo de la tele y de esa empresa LAV. No podía ser. Amplió la imagen y el ordenador le devolvió a una mujer de cabello largo y castaño. Y sus ojos verdes, tan reconocibles, tan de verdad. Volvió a tocarse la cara. De nuevo sintió el calor de la bofetada. Apretó los puños hasta que los nudillos se le pusieron blancos. Un solo mensaje de Facebook y de nuevo sentía esa cólera, esa furia sorda.

Volvió atrás. Miró la imagen corporativa del Grupo LAV. Una estrella azul sobre un fondo amarillo. No podía ser de otro modo. Por supuesto. Soltó una carcajada, y recibió el regalo del destino con los brazos abiertos.

Ad astra per aspera.

O no.

Cosas que deberían
enseñarse a un niño

ROI
Madrid, 7 de mayo de 1999

Fijando la vista en la mujer calva de la acera de enfrente, a Roi le dio por pensar que a uno nunca le enseñan qué hacer mientras espera a que un semáforo se ponga en verde. Desde el colegio de Roi hasta la casa de los Wagner había once semáforos. A veces los recorría como peatón, y a veces Antonio lo recogía en el coche de la familia. Cuando caminaba, solía dedicarse a observar a la gente, y cuando se detenía en un semáforo, elegía a una persona e inventaba una historia sobre ella. «Esa niña tan pálida tiene una enfermedad incurable. Va camino del aeropuerto. La llevan a ver el mar por primera vez porque morirá dentro de tres meses». «Ese viejo del traje gris es un antiguo nazi que vive escondido en Madrid». En ocasiones no pensaba en nada. Simplemente contaba los segundos que faltaban para que el muñeco se pusiese en verde. Sabía cuánto tardaba en cambiar cada semáforo, y sabía que un algoritmo oculto reducía el tiempo de espera en función de si era hora punta o no, invierno o primavera, mañana o tarde.

A Roi se le daba bien desvelar patrones ocultos. Se lo dijo un día a su madre. «De mayor quiero ser matemático». Su madre se echó a reír y le dijo que no fuera estúpido, que de mayor tendría que dirigir la empresa de papá. También le contó que le gustaba inventar historias de toda esa gente que se encontraba cuando volvía del cole. Y que a veces pensaba en escribirlas. Pero no le dijo que le gustaría ser escritor, porque sabía que la respuesta sería la misma. «Tienes que dirigir Wagner Corporation».

«Algún día la dirigiré», pensó mientras el semáforo se ponía en verde para peatones y se cruzaba a media calle con la mujer calva, sin tiempo a imaginar nada extraordinario sobre su vida o su muerte.

La abuela Wagner había salido. Todos los viernes tomaba el té con sus amigas. Su madre estaba en la universidad, como siempre. De hecho, estaba casi seguro de que solo encontraría en casa a Encarna, la asistenta. Subió los escalones de dos en dos y se apresuró a cambiarse de ropa. A lo mejor podría llamar a Manu y bajar a dar una vuelta. Seguro que Encarna le dejaría salir sin problema.

Le extrañó ver la puerta del despacho de su padre entornada. Siempre estaba cerrada. Casi nunca le dejaba entrar, salvo que él estuviera dentro. Allí guardaba un montón de documentos y Roi sabía que había una caja fuerte detrás de un cuadro, aunque su padre nunca le había dado la combinación. A lo mejor ya había llegado. Se acercó a la puerta y la empujó con cuidado.

A uno nunca le enseñan suficientes cosas.

A Roi le habían enseñado educación básica. A decir «por favor» y «gracias». A dejar salir antes de entrar. A hablar español, inglés y alemán perfectamente. A tratar de usted a los socios de su padre. Pero a nadie lo preparan para volver un viernes de mayo de la escuela y encontrar que su padre no ha ido a trabajar ese día. Que se ha quedado en el despacho de su casa. Que ha escrito cuatro cartas: una para su esposa, una para su madre, una para su hijo y otra para el juez.

A nadie lo preparan para ver a su padre colgado de una lámpara en mitad de un despacho.

Roi se quedó paralizado en la puerta. Cerró los ojos. Y pensó justo eso: que nadie le había preparado para que eso pasase.

No es verdad.

No es verdad.

No es verdad.

Se lo repitió una y otra vez. Luego chilló. Chilló lo más fuerte que pudo. Oyó los pasos de la asistenta y al segundo supo que no quería que viera así a su padre. Cerró la puerta y salió corriendo. Se cruzó con Encarna en las escaleras, pero no dijo nada. Solo corrió.

Salió a la calle y no paró de correr.

Veinte millones de razones

ROQUE
Santiago de Compostela, 23 de diciembre de 2012

Roque Sanmartín era de carácter pacífico, por eso le resultaba incomprensible la imperiosa necesidad que sentía de pegarle un puñetazo al hombre que tenía delante.

—El clero siempre ha disfrutado de privilegios, eso es innegable —le decía en ese instante—. Pero en este caso, fue voluntad del anterior director del centro establecer en el año 2003 los términos de este acuerdo. Y eran bien claros, padre. Diez años de moratoria. El año que viene deberán llevar a cabo el traslado. Deben dejar las instalaciones de Santa Catalina en el casco histórico y mudarse al edificio que están construyendo. Si no abandonan este centro al inicio del curso 2013, acudiremos a los tribunales y esto concluirá con un desahucio. Y no creo que ninguno de los dos quiera llegar a ese punto.

—¿La caridad cristiana no entra dentro de los términos del acuerdo?

—Padre Sanmartín, los diez millones de euros y los terrenos que recibieron hace diez años le aseguraron a su orden toda la caridad cristiana que las arcas de nuestra empresa podían asumir.

El dueño de la inmobiliaria sonrió mostrando una perfecta dentadura blanca que le recordó a Roque a la de un depredador en un documental televisivo. Sabía que el acuerdo era innegociable y que solo con el doble de esa cantidad lo rescindiría. Las obras en el terreno del Milladoiro estaban a punto de finalizar. El siguiente curso dejarían atrás Santa Catalina.

—Estudie bien los términos del acuerdo, padre. Recapacite.

—Con la crisis, los terrenos ya no valen tanto.

—Razón de más, padre Sanmartín, razón de más. Vaya preparando la mudanza.

Roque desvió la mirada, incapaz de decir ni una palabra más. Suponía que el pastel inmobiliario estaba agotado en plena crisis y rezaba a todas horas para que la empresa se declarase en quiebra. Para que se obrara un milagro, aunque hacía años que no creía en ellos. Cuando el hombre abandonó su despacho, el sacerdote cogió su abrigo y salió casi pisándole los talones. Se dirigió a la plaza de la Quintana. Allí siempre se sentía cerca de Dios.

—Padre Roque.

Una mujer de unos cuarenta años se plantó delante de él.

—Soy Mara. Mara Vázquez.

—¡Mara! ¡Por el amor de Dios! ¿Cuántos años...?

—Veinticinco —lo interrumpió ella—, o casi. Y precisamente por eso me alegro tanto de encontrarlo. De hecho, iba a pasar un día de estos por el colegio. Estamos organizando una cena por el aniversario de nuestra promoción. Quería avisarlos a usted y a los demás.

—El padre Ramón murió el año pasado. Ahora soy el director.

—Lo había oído. Lo cierto es que estamos en contacto un grupo grande de exalumnos. En este momento, cincuenta y dos. Además, estamos juntando material fotográfico para hacer un CD. El padre Ramón tenía mucho material de los festivales, de la excursión de primero a Madrid, de la de Lloret en tercero, y de aquel viaje que hicimos a los Ancares con los grupos cristianos. ¿Le parece bien si me acerco un día y buscamos algo?

—Sí, por supuesto. ¿Y dices que sois cincuenta y dos?

—Y algunos hasta famosos. ¿Sabe quién va a venir? No lo he pregonado mucho. Está usando su nombre de antes.

—¿Tina va a venir? —adivinó él.

—La misma. Val Valdés en persona. Parece increíble que sea nuestra Tina, ¿verdad?

—Increíble —repitió él por lo bajo.

Increíble era poco. Roque nunca pudo entender dónde escondía Val Valdés a esa Tina que lo había asombrado en su primer año como maestro. Había desaparecido a finales de primero de BUP sin dejar rastro. Siempre esperó que Dani le hablase de ella, pero el chico nunca volvió a nombrarla. Incluso llegó a preguntarle directamente si sabía dónde estaba, aunque jamás recibió respuesta. No era ningún secreto que Dani le guardaba un gran rencor. Tras la emisión de *Sobreviviendo* comprendió por qué. Reencontrarla, aunque fuera a través de la televisión, había sido un regalo, por más que nada de lo que vio en aquel programa le recordó a la adolescente que había conocido.

Desde entonces, Roque había imaginado muchas veces lo que le diría si la vida los volvía a juntar. Ahora que eso iba a suceder, estaba casi seguro de que le confesaría que estaba orgulloso de ella. A pesar de todo. Lo que en la vida habría imaginado era que, acto seguido, tuviera que pedirle un favor. Quién sabe. Nunca es tarde para volver a creer en los milagros.

Aunque estos costaran veinte millones de euros.

Val, Valentina, Tina

Centro penitenciario de Teixeiro, 1 de junio de 2013

Val adoraba el orden y la rutina. Matías solía meterse con ella diciendo que era más alemana que él: organizada, maniática del control, calculadora y supervisora hasta la obsesión. La gente que trabajaba con ella la calificaba de mil y una maneras distintas, diferentes epítetos que confluían en una única e inexorable verdad: en la vida de Val Valdés nunca había lugar para la improvisación.

En este sentido, Val se adaptó a la rutina de la cárcel con mucha más soltura que a la de *Sobreviviendo*. Aseo. Desayuno. Actividades. Comida. Siesta. Patio. Cena. Dormir. Y vuelta a empezar.

Teixeiro no era más que un microuniverso ecléctico en el que únicamente tenía que hacer lo que mejor se le daba: sobrevivir. Desde el primer día, Val evaluó el entorno y se adaptó a él con una facilidad extraordinaria, casi metamórfica. Al centro le costó más adaptarse a ella. La presión informativa a la que se vio sometida obligó a la directora a establecer medidas excepcionales de seguridad para repeler el acoso de los reporteros gráficos.

Las funcionarias y las reclusas mantenían una gran expectación que decayó enseguida, cuando se encontraron simplemente con una mujer callada y muy discreta que acataba sin rechistar todas las imposiciones de la vida en prisión, porque a fin de cuentas la vida en prisión no era más que eso: otra forma de vida. Una en la que tenía que limitarse a ser Val Valdés, la mujer que sabía de leyes, contaba con muchos contactos fuera y estaba dispuesta a emplearlos con tal de dormir tranquila.

Val no compartía celda por decisión de la directora. No tenía manías en el comedor, se apuntó al taller de cerámica y rechazó cualquier tipo de actividad intelectual excepto el asesoramiento jurídico a las otras reclusas.

El psicólogo orientador comprendió, desde el comienzo, que no tenía nada que hacer con ella. Val era del todo consciente de su culpabilidad, y se negaba a hablar de las razones que la habían inducido a matar a un hombre. Se limitaba a reconocer los hechos, sin entrar al fondo del asunto. Lo maté, sí. Y nada más. Volvían siempre a ese punto. Lo maté. Puede que el psicólogo estuviera allí para pedir explicaciones, pero, desde luego, Val no era mujer que estuviese acostumbrada a darlas.

La soledad de su celda le recordaba a la de su estancia en la clínica Barver. No le gustaba rememorar esa época, pero se esforzaba por tenerla presente a diario. Había mantenido a Alonso pegado a su sombra. Una presencia permanente, con una única finalidad: recordar que una vez había perdido el control. Necesitaba tenerlo cerca, porque los dos se hacían falta para no olvidar que ambos habían hecho crac. Y que no podían volver a pasar por lo mismo.

Tenía muy presente aquel martes de junio de 2005. Podía recordar el temblor de sus manos. El miedo. La inseguridad. Por primera vez en su vida, no mandaba ella. Solo podía pensar en las pastillas, en dormir. Solo deseaba una cosa: dejar de ser, por un instante de su vida, la maldita Val Valdés.

Se recordó frente al espejo de aquel hotel en Roma, deseando romperlo en mil pedazos. Como si fuera tan fácil acabar con la mujer que había querido a Matías, para después gritarle al mundo que no lo había amado. La misma mujer que había cambiado un hijo por un imperio.

Aquella mujer tenía miedo de olvidar quién era. La odiaba. Llevaba odiándola el tiempo suficiente para saber que tenía que aprender a vivir con ella.

Por eso Alonso y ella tenían que seguir juntos. Porque ambos tenían que reconocerse en ese miedo mutuo, para sobreponerse. Ese miedo que los sostenía a ambos, para no volver a perder el control. Porque ahora que ya sabía que nunca olvidaría quién era, tenía que aprender a vivir con la conciencia de la mujer en la que se había convertido. Y es que al fin lo había entendido. Ella era Val. Valentina. Tina. Era todas ellas y no era ninguna. Había conseguido ese ansiado estado en que ya no se tiene nada que perder.

Y algo más peligroso. Algo que se apreciaba con un mero vistazo. Esa misma sensación que debió de percibir Daniel Leis antes de que ella le apuntase al centro de la frente y apretase el gatillo en la orilla del río Sarela: esta Val sabía quién era, no tenía miedo y no había olvidado nada.

Nada.

Anticipación

VAL

Casa-plató de Sobreviviendo, *17 de septiembre de 2000*

Miró a Sofía, a Lorena y a Miguel. Eran todos diez años más jóvenes que ella. No iba a cometer el mismo error que ellos: no los subestimaría. Sabía perfectamente cuáles eran sus puntos fuertes. Mientras ellos perdían el tiempo en descubrir sus debilidades, ella se concentraba en analizar sus fortalezas. Anticipación. Le pareció oír la voz de su suegra en su cabeza: «La anticipación es la clave del éxito».

Sofía era dulce. La candidez y estupidez de Lorena eran adictivas. Miguel se pasaba la vida cantando delante de un espejo y haciendo gags. Pau solo buscaba hacerse un hueco como actor. Marian era la única mayor que ella, una administrativa de Valencia cuyo único peligro residía en su capacidad para no destacar en ningún aspecto. Era tan gris que la audiencia no se fijaría en ella ni para expulsarla.

Así que se mimetizó. Hacía bailes. Cocinaba. Limpiaba. Escuchaba los lamentos de Juan, el estudiante virgen que nunca había ligado. Reía los chistes absurdos de sus compañeros, pero mostraba una acidez y una retranca tan gallegas que los demás aprendieron a temer su lengua afilada. Escuchó las historias de todos ellos, los dejó llorar en su hombro, los consoló, les ofreció consejo, amparada por una madurez que a todas luces ellos estaban lejos de alcanzar. Utilizó su inteligencia y su cuerpo. Desde muy joven conocía el efecto que provocaba en los hombres, pero nunca hasta entonces lo había aprovechado de forma tan consciente. Se dejó mimar por Jorge, el estudiante de Medicina que bebía los vientos por ella. Sabía que si el programa estaba teniendo éxito, una madre compungida estaría sollozando y pidiendo a la audiencia que libraran a su hijo de las garras de esa mujer de treinta años. Y eso era perfecto: la audiencia querría saber hasta dónde llegaría esa relación.

Pero sobre todo: nunca, absolutamente nunca, se quejó. Dejó caer que algo horrible le había sucedido. Arrojó pequeñas pistas de un misterio que aún no estaba dispuesta a revelar, aunque poco a poco iba deshojando la margarita de un pasado que mantenía en vilo a los espectadores. No mintió, pero deformó su vida hasta límites inconcebibles. El pasado y la verdad eran un territorio con fronteras difusas. Valentina se sentía como en el salón de los espejos de un parque de atracciones. Por momentos no se reconocía en esa Val que se había adueñado de ella.

Cien millones de pesetas.

Por cien millones iba a ensuciar el nombre de Matías, pero Matías ya no estaba. «A partir de hoy estás completamente sola», le había dicho él en su carta de despedida. Pero no era cierto: tenía a Roi, y por Roi iba a hacer cualquier cosa que estuviese en su mano con tal de evitar que Emilia dirigiera el futuro de ambos.

Cualquier cosa.

En eso pensaba mientras Jorge, debajo del edredón, le desabrochaba el sujetador. Al día siguiente tocaría dar pena.

Ese día tocaba ser la primera mujer en echar un polvo en directo en una televisión. Quizá al cabo de diez años esto se normalizaría, pero estaba convencida de que esa noche pulverizaría todos los récords de audiencia desde que existían las televisiones privadas, y que eso le garantizaba el apoyo de todos los ejecutivos del canal para ganar ese concurso. Todos los programas del grupo, que se retroalimentaban de *Sobreviviendo*, harían lo posible para conservar dentro del juego a la concursante que mantenía en vilo a la audiencia. Lo que no sabían esos niñatos que la rodeaban era que ese partido se ganaba en los despachos del gran grupo de comunicación que estaba detrás del programa. No sabían nada. Pero ella lo sabía todo. Se había anticipado, había estudiado el fenómeno en el extranjero y se había preparado para ese momento. Tenía muy claro qué estaba sucediendo fuera de esa casa-plató.

Sintió la boca de Jorge en su cuello. Cerró los ojos. Emitió un breve gemido.

Anticipación. Esa era la clave.

Peleas de patio

ROI

Suiza, Aiglon College, 21 de septiembre de 2000

—Disciplina, honestidad, tenacidad, integridad y rectitud. Todos ellos son valores que nuestro centro pone por encima de la mera formación académica. Una pelea de patio con un tabique nasal roto como resultado no parece casar muy bien con estos valores. Creo que dos semanas sin salir del centro y la retirada de sus correspondientes pagas semanales les hará reflexionar sobre su conducta. Ahora, Scott, puede salir. Usted, Wagner, espere aquí, en mi despacho.

El director del internado no cambió la expresión hasta que el joven cerró la puerta. Una leve sonrisa atenuó sus facciones severas.

—Y ahora, Roi, si eres el hombre que creo que eres, no me dirás por qué le rompiste la nariz a James. Pero quiero que sepas que sé por qué lo hiciste. Y lo entiendo, por supuesto que lo entiendo. Pero no puedo, ni debo, consentirlo. Así que enviarás una disculpa por escrito a los padres de James Scott. ¿Entendido, Wagner?

—Sí, señor.

—Roi, cuando tenía nueve años, mis padres se divorciaron. En 1950 no era fácil ser hijo de divorciados. Rompí muchas narices en el patio de Eton. Y no tuve a mi lado a nadie que me explicara que yo no tenía culpa de nada. Transcurrieron muchos años hasta que mi madre me explicó por qué decidió ser la primera Campbell-Smith que abandonaba a su marido. Lo curioso es que para entonces ya no me importaba. Era demasiado tarde.

—No es una puta.

—Por supuesto que no —le dijo, pasando por alto la palabrota—, y mi madre tampoco lo era. No me gustaría que vivieras los próximos treinta años de tu vida odiando a tu madre. Es una gran mujer. Y tu padre era un gran hombre. Lo conocí en la entrevista de admisión justo antes de su fallecimiento.

—Mis compañeros han conseguido ejemplares de periódicos españoles. Hablan de ella como si fuese una cualquiera. Dicen que engañó a mi padre y que él era un viejo que la violó con quince años. Y ella no niega nada. Emiten ese programa durante las veinticuatro horas y todos los hombres andan detrás de ella. Esa no es mi madre. Y si tengo que partirle la nariz a Scott y a veinte como él, lo haré y...

Las lágrimas corrían por el rostro de Roi y las palabras se ahogaban en su garganta. El director lo dejó llorar con libertad. Tenía una especial debilidad por Roi Wagner. Todo lo que le había contado era rigurosamente cierto y, salvando las distancias de edad y nacionalidad, Roi le recordaba demasiado al niño que él había sido para dejar pasar el asunto como si nada.

Además, tenía otra razón.

Su madre lo había visitado quince días antes del comienzo de *Sobreviviendo*, y le había explicado el tipo de programa al que iba. Estaba, le dijo, firmemente decidida a conseguir el premio. Por Roi, por encima de todo. ¿Acaso no era entendible que una madre hiciera todo tipo de sacrificios por su hijo? Esa clase de programas no se ganaban escondida tras una imagen de mujer honorable. La mujer que iba a *Sobreviviendo* daría que hablar, despertaría sentimientos encontrados, jugaría con su imagen de viuda. Tendría que emplear a fondo todas sus bazas. Y necesitaba que Roi se mantuviera al margen. Tan solo con su colaboración podría neutralizar las informaciones que llegasen al internado. Necesitaba saber que, aquí fuera, alguien cuidaba de su hijo.

—No es una puta... —farfullaba el chico por lo bajo.

—No, Roi. Claro que no.

Mientras daba unas palmadas en la espalda del adolescente, Lewis Campbell-Smith no podía dejar de pensar que, en efecto, Val no era una cualquiera. Aunque daría parte de su fortuna personal por que así fuese.

Porque hay cosas en la vida por las que merece la pena luchar.

Y romper alguna que otra nariz.

Una maleta llena

DANI
Santiago de Compostela, 25 de julio de 1985

—Dani, abre la puerta.

Dani observó el pestillo girado. El único acto de rebeldía que se había permitido en ese último mes.

Al lado de la cama descansaba la maleta intacta. Había llegado el día anterior por la tarde de un campamento de verano. Cuatro semanas fuera de Santiago. «A ver si se te aclaran las ideas», había dicho su madre. Lo que ella no sabía es que él ya lo tenía todo claro.

Su madre golpeó de nuevo la puerta.

—Daniel, no me enfades.

Era imposible enfadarla porque su madre ya vivía enfadada. O por lo menos esa era la sensación que él tenía.

—Dani, tus abuelos van a llegar dentro de media hora. Sabes que hoy comeremos todos juntos. Es el Apóstol. No quiero caras largas ni discusiones. Abre la puerta, date una ducha y ponte el polo nuevo y los pantalones azules.

Fantaseó con la idea de quedarse encerrado en su cuarto. Se preguntó cuánto tiempo aguantaría sin comer ni beber. La fantasía le duró apenas un minuto. Se levantó y abrió el pestillo. Su madre entró en la habitación y le propinó una sonora bofetada.

—¿Se puede saber qué te has creído?

Dani bajó la vista y parpadeó fuerte para no ceder al impulso del llanto.

—¿Sigues dándole vueltas a esa chiquillada de Tina? —preguntó su madre.

—No es ninguna chiquillada, es mi novia —se atrevió a contestar.

—Una chiquillada —repitió ella—. Acabas de cumplir quince años. No tienes edad para tener novia ni para nada. Y menos una novia que solo anda detrás de tu dinero.

—No tienes ni idea de lo que dices. —La voz de Dani sonaba temblorosa.

—Por supuesto que sé lo que digo. Y lo sé muy bien. Mientras estabas en ese campamento fui a hablar con ella. ¿Te crees que no sé lo que ha ocurrido? ¿Te crees que no me he plantado en su casa para preguntarle por qué mi hijo no come, no duerme y se pasa los días encerrado en su habitación? Claro que lo sé. Sé que tenéis un problema. Solo sois unos críos. Y tú eres un idiota.

Dani sintió que enrojecía súbitamente. Un idiota. Eso es lo que era. Se vio a sí mismo, semanas atrás, en la puerta de la sala de los recreativos, mirando a Tina con el mismo desprecio con el que su madre hablaba de ella. Con la misma cara de incredulidad. Recordó cómo había reaccionado cuando ella le dijo que estaba embarazada. Como si eso no fuese con él. Y claro que no iba con él. Esas cosas no le pasan a la gente a los quince años. Una parte de él quería abrazarla y decirle que estaba allí para ayudarla. Otra parte solo quería salir corriendo, llegar a su casa, correr el pestillo y repetirse que eso no era asunto suyo. También recordó su arrebato, el último día del curso, decidiendo que el niño que estaba en camino podía ser de ambos, si así lo quería ella. Claro que la valentía le duró hasta que llegó a su casa. Su madre se había encargado de enviarlo fuera de Compostela. Ignoraba si ella conocía el alcance de lo sucedido.

—¿De verdad lo sabes?

—¿Que está embarazada? Lo sé. Claro que lo sé. Tu tío trabaja en el hospital. La vio el otro día en ginecología y vino a decírmelo. Esta es una ciudad muy pequeña. Sé muchas cosas. Mientras estabas en ese campamento fui a hablar con su madre. Una cosa es que no le demos tu apellido al hijo de la primera chica que diga que se ha acostado contigo y otra muy distinta es que no me preocupe de lo que se avecina. ¿Y sabes qué?, tu adorada Tina ya no está en Santiago. Ha desaparecido. Su madre no me dice dónde está, pero no la vas a encontrar esperándote.

—¿Se ha ido? ¿Adónde? —preguntó alarmado Dani.

—La pregunta no es adónde, es con quién. He estado investigando un poco y lo cierto es que me ha sorprendido. Tu Tina ha resultado ser más espabilada de lo que había imaginado. Se ha buscado un marido, uno mayor que tu padre. Se ha ido a Madrid. No sé mucho más. Así que desde hoy no volveremos a hablar de Tina González en esta casa. Y, te convendría recordar, por cierto que el mundo está lleno de mujeres como ella.

Dani sintió una náusea en la boca del estómago.

—Eso no es verdad.

—Lo es, cariño. —Se acercó a él y lo abrazó—. Lo es. Es inútil que llores, Tina se ha ido. No volverá. Y ese ya no es tu problema. Vacía esa maleta. Y busca en el armario la ropa nueva. Venga, límpiate esas lágrimas y date una ducha. Ya ha pasado, Dani. Se acabó. Anda, te espero en el salón.

Lo dejó solo en la habitación, con la vista fija en una maleta llena. Paralizado. Sin fuerzas para abrirla. Para vaciarla. Para hacer, aunque fuera por una vez en la vida, exactamente lo que se esperaba de él.

Hasta reventar

ALONSO

Barcelona, clínica Barver, 11 de agosto de 2005

—Cuando era joven me pasaba el día metida en los museos. Soy muy poco creativa, y siempre me ha admirado la capacidad de los artistas para hacer surgir algo de la nada. Y sobre todo me encantaba el arte moderno. Recuerdo un vídeo de una mujer que colocaba tazas en una vitrina para sacarlas tan pronto como las había colocado todas. Una y otra vez. Sencillo, sin aparente profundidad, pero cuando te das cuenta, ves reflejada toda tu existencia en las manos de una mujer que coloca las tazas en un aparador para volver a sacarlas, y vuelta a empezar. Un círculo existencial que no se cierra jamás. Solo es un vídeo, pero cuando llegas a casa, te mueres por saber si el autor quiso transmitir eso u otra cosa. Esa es la magia del arte. No lo sabrás nunca, pero lo que tú has sentido, eso... eso ya es tuyo y de nadie más.

—¿Ahora ya no vas a museos?

Estaban sentados a solas en el jardín, en el suelo. Tina solía sentarse con las piernas cruzadas como un indio. Desde que había llegado a la clínica, se peinaba con coleta y vestía unos vaqueros viejos y zapatillas deportivas. A Alonso le resultaba increíble que tuviera treinta y cinco años, dos menos que él. Apenas se le adivinaban unas pequeñas arrugas alrededor de los ojos. Aún resultaba más increíble saber que la mujer que tenía delante era Val Valdés. Esa no era la Val de la televisión. Esa Val se llamaba allí Tina y era una mujer adicta a los barbitúricos en proceso de desintoxicación y con un intento de suicidio a sus espaldas. Las razones que habían hecho que Tina acabase en la clínica Barver eran previsibles.

El camino de Alonso hasta ese punto había sido mucho más tortuoso. Apenas recordaba la primera raya de coca. Sin embargo, no podía olvidar el día en que Laia se había ido de casa, aunque le era imposible saber si esa fue la causa de esa mierda, o si esa mierda había sido la causa de que se marchase. A partir de ahí, todo era confuso. Todo se mezclaba. A un día seguía otro. A una raya, otra más. Un tiro. Colombiana. Recién llegada. Por el Estrecho. Diez mil euros desaparecidos de la cuenta corriente. Más. Un poco más. «Esta viene de Galicia, amigo». De la pura. Más coca. Más noches sin días. «Vamos, Alonso, solo son cinco mil euros. No lo notarán. Cógelos. Solo una vez más. Hasta que revientes, Alonso».

Pero no reventó. Ni siquiera lo denunciaron: el bufete no podía asumir el escándalo. Silencio. Un despido digno. Y la clínica. «Tienes que hacerlo, Alonso».

No, no había reventado. Casi tres meses limpio. Vivo. Allí estaba, sentado al lado de Val Valdés, hablando de museos. Así que se podía decir que Alonso era un hombre con suerte. Muerto por dentro. Vacío. Pero, eso sí, con suerte.

—No. Ya no voy a museos. —La voz de Tina lo sacó de su ensimismamiento—. Val Valdés no sale sola. De hecho, hace años que Val Valdés no va a ningún sitio. Tan solo asiste a eventos.

—Deberías hacerte mirar eso de hablar de Val Valdés en tercera persona.

—De todas las personas a las que he conocido en los últimos cinco años, tú eres la única que no debería decirme eso.

—Sé que no eres Val Valdés. Y sé cómo es Tina.

—Eso es mucho decir.

—Eres una madre preocupada y cariñosa. Eres una superdotada a nivel intelectual. Con una capacidad de retención y memorización extraordinarias. Te gusta el arte. Lees de manera compulsiva. Eres la peor en la clase de manualidades. Hace años que no fumas y tomas el café sin azúcar. Hablas poco, excepto conmigo, pero escuchas atenta cuando los demás hablan. Tienes la capacidad de saber lo que van a hacer y decir los otros antes de que lo hagan. Cuentas unos chistes pésimos. Y a pesar de llevar ocho semanas aquí, sigues durmiendo fatal. Aunque lo niegues.

—Ahora puedes añadir a la lista que me encantan los museos —arqueó una ceja, divertida—. Y ya duermo mejor. Por lo menos, mejor que tú.

—También sé que nunca te suicidarías.

—No, pero me he empeñado en demostrar lo contrario —dijo Val con una sonrisa.

Alonso ejercía sobre ella un efecto tranquilizador. Nunca se había sentido así con nadie, exceptuando a Matías.

Alonso la miró de soslayo, preguntándose qué pasaría si la besara.

—Ni se te ocurra, Alonso.

—¿El qué?

—Ya sabes qué. ¿Te he contado que lo conocí en un museo?

—¿A quién?

—A Matías. Lo conocí en el museo del Prado, en una excursión del cole. Yo tenía quince años y él cincuenta y dos.

—¿Y te secuestró?

—No. Hizo conmigo exactamente lo que yo pienso hacer contigo.

Alonso elevó una ceja a modo de interrogante.

—Me rescató —dijo Tina—. Bienvenido al Grupo LAV.

Cubiertos

VAL
Madrid, casa de la familia Wagner, 22 de agosto de 1985

El cuchillo tenía el filo mirando hacia el plato y estaba a la derecha, como la cuchara. El tenedor a la izquierda. Había también unas tenazas a la derecha, con la servilleta. Los cubiertos de postre estaban enfrente del plato, en perpendicular, justo en el hueco que se creaba entre el platito del pan y las copas. Todos guardaban entre sí una distancia de dos centímetros, también respecto del plato. Observó que los de Emilia estaban ligeramente más separados.

Se obligó a levantar la vista de la mesa para sostenerle la mirada a su suegra. Esperó a que ella comenzase a hablar.

—¿Tina? ¿Es así como quieres que te llame?

—Es que me llamo así.

—No. Te llamas Valentina. Los apodos y diminutivos solo tienen sentido si no son vulgares. Y Tina es nombre de asistenta, querida.

En ese momento entró una mujer con una bandeja. Emilia cogió los cubiertos que estaban más alejados del plato. Tina la imitó.

—Ya sabes lo que voy a decirte. Esto no me gusta, Tina. No creas que no te entiendo. No eres más que una niña, por mucha apariencia de mujer que tengas. Una niña deslumbrada. Matías, su dinero, esta casa... Aunque yo ya no recuerdo lo que se siente al ser una niña. La vida me obligó a hacerme mujer antes de tiempo. Tengo setenta años. He vivido dos guerras y un exilio. He criado a un hijo casi sola. He dirigido desde esta casa la empresa que heredé de mi marido, porque las mujeres debemos siempre dirigir en la sombra. Mi hijo y esa empresa han sido mi vida desde que llegué a este país. Y no ha sido una vida fácil.

Tina observó cómo la mujer manipulaba las tenazas de las cigalas con las pinzas. Cogió las suyas e imitó la operación.

—Matías se dará pronto cuenta del error que ha cometido. Tienes quince años y él cincuenta y dos. No tenéis nada en común. Sé que crees que quiero separarte de él, pero lo que quiero es anticiparme. Cuando crezcas comprenderás que la anticipación es la clave del éxito. Solucionar los problemas antes de que surjan. Así que podemos esperar a que Matías se despierte un día y se dé cuenta de que eres el error de su vida, o podemos ponerle solución. No me voy a andar por las ramas. Vuelve a Galicia. Tendrás dinero y libertad sin necesidad de estar atada a un hombre que podría ser tu padre. Y si prefieres otro lugar, Barcelona o el extranjero, podemos arreglarlo. Solo tienes que firmar el divorcio y desaparecer.

Tina sonrió. Tragó saliva, porque necesitaba que su voz sonase fuerte. Su mente construía a toda velocidad un discurso que estuviera a la altura de esa anciana, de su collar de perlas y su anillo de brillantes.

—Emilia, puedes llamarme Valentina. Tienes razón. Ha llegado la hora de tener un nombre a la altura de las circunstancias. Bueno, tienes razón en más cosas. Estoy muy de acuerdo en lo de la anticipación. De hecho, yo ya sabía todo lo que me ibas a decir en cuanto me pediste que comiéramos solas. Así que traigo mi «no» preparado. No, no me voy. Me quedo con Matías. Es mi marido. A mí la vida también me ha hecho crecer deprisa. Tengo quince años, pero me siento como si tuviese quince veces quince. Matías lo supo desde el primer día que me vio. Podemos seguir discutiendo este asunto, pero no me voy ni a Galicia ni a ningún sitio. Aprende a vivir con esto, Emilia. —Dejó la servilleta junto al plato y se echó hacia atrás, con la espalda muy recta, pegada al respaldo de la silla—. Ahora, si no te importa, me vas a disculpar, porque no me encuentro bien. No especules. Dejemos de fingir que no sabes que estoy embarazada. Hay un Wagner en camino. Por el bien de ese niño y de Matías, tendremos que entendernos. Mientras, ¿puedes decirle por favor a tu cocinera que estas cigalas no alcanzan el punto de sal? Y ya de paso, dile también a quien ha puesto la mesa que tus cubiertos no estaban colocados a la distancia exacta. Se lo diría yo, pero no lo haré por respeto a ti. Tú eres la señora de la casa. De momento.

Se levantó de la mesa y caminó con paso firme hacia la puerta. Ya no la veía, pero sabía que Emilia estaría colocando sus cubiertos, mientras decidía si estaba indignada, admirada o ambas cosas.

With or without you

DANI
Santiago de Compostela, 8 de febrero de 2013

El BMW avanzaba por el corredor Brión-Noia, circulando claramente por encima del límite de cien kilómetros por hora. Si lo pillaban una vez más, le quitarían el carnet.

A su lado, Tamara cantaba a grito pelado una canción de Maldita Nerea. Se percató de que ese era también el grupo favorito de su hija de quince años. No era extraño. Ella podría ser también su hija, solo tenía veinte. Descartó el incómodo pensamiento y echó mano de otro CD antes de concentrarse en la línea blanca de la carretera. La música de U2 lo sumergió de nuevo en su adolescencia.

A esas horas, Nuria estaría recogiendo a los niños en la academia. Le había dicho que tenía una cena con unos clientes del banco y que no estaban los tiempos para andar diciendo que no. Le había prometido que al día siguiente la llevaría a cenar y al cine nuevo, el del centro comercial As Cancelas. Decían que la sala iSens era una pasada. Se calló a tiempo, porque a punto estuvo de escapársele que había estado con Tamara el mes anterior.

Se estaba volviendo imprudente, pero no podía evitarlo. Era como lo de la velocidad: necesitaba llegar al límite, sentir el peli-

49

gro. No era culpa de Nuria. Ni de Tamara. Era él. Necesitaba recuperar las ganas de vivir, volver a los quince años. En esos dos últimos meses tan solo había pensado en eso.

En ella.

Subió el volumen. Escuchar esas canciones y sentir el sabor de los besos de Tina era todo uno. Esos besos sabían a los cigarros que compartían a escondidas en el patio de Santa Catalina. Recordaba las locas carreras por los soportales de la rúa del Vilar, cantando a gritos «Sunday Bloody Sunday», ante la estupefacta mirada de señoras que vestían abrigos de visón, camino de misa de ocho. Sus cabellos cortos y suaves, sus pechos pequeños y firmes. Y aquellos ojos... Todo estaba en esas canciones. Y todo volvía. De nuevo.

Los castigos. Los gritos de su madre tras descubrir que salía con la becada de Santa Catalina. La hija de una cocinera. Sabía que su madre tenía razón. Al final no resultó ser más que una fulana capaz de casarse con un viejo. La odió. La odió por ser lo que todo el mundo esperaba que fuera. Y se odió a sí mismo por no haberse dado cuenta. Pero sobre todo se odió porque sabía que en el fondo no le importaba. La imaginó desnuda en el hostal de Louro al que se dirigían, y su erección fue tan evidente que Tamara le echó la mano a la entrepierna de forma instintiva.

—Joder, sí que te pone esta música. Aunque no sé por qué la has cambiado. Estás hecho un viejales.

—Soy un viejo, a ver cuándo te das cuenta.

—Chorradas, solo tienes cuarenta y dos. La edad perfecta para comenzar una nueva vida y dejar a la aburrida de tu mujer. Cada vez que la veo de lejos, me pongo mala. No sé a qué esperas para decirle que te vas. Y no me vengas con los niños, porque ya no lo son. Mis amigas dicen que no la vas a dejar. Y, a veces, yo también lo pienso.

—Nena, no es tan fácil. No se trata de los niños ni de ella. Te juro que ya no la aguanto. Es una mera cuestión de dinero. No puedo mantener a dos familias.

—Tus padres tienen dinero.

—Y es de ellos. No sueñes con que me lo van a dar para que deje a Nuria, te lo puedo asegurar. Pero creo que tengo algo entre manos que nos va a arreglar la vida. Un golpe de suerte.

—¿Un negocio?

—Exactamente. De momento es mejor que no sepas mucho del asunto. Basta con que te diga que sé algo de alguien, y ese alguien va a pagar mucho dinero para que yo siga muy callado.

—Eso suena a chantaje.

—Suena a negocios, nena. Solo a negocios. Y en el mundo de los negocios la información es poder. Necesito comprobar una cosa. En cuanto esté seguro, te lo cuento. Prometido.

Sonrió, tarareando por lo bajo, mientras atravesaban el puente del Engaño.

I can't live with or without you.

Belleza roja

VAL
Madrid, 8 de mayo de 1999

—El oficio será a las cinco y media. Antonio nos llevará a las dos. Roi se quedará en casa con Encarna. No deberías ir sin medias.

Valentina abrió la boca y la volvió a cerrar. Había elegido su ropa con esmero: un vestido negro, un collar de perlas y una chaqueta de manga francesa, también negra. Observó a Emilia y descubrió sorprendida que tenía los ojos secos. Ni un solo atisbo de pena o desolación. Se dijo que su mirada estaba más muerta que Matías.

—Roi irá al tanatorio y a la iglesia. Es el funeral de su padre —contestó a la anciana con voz firme.

—No permitiré...

—Es mi hijo, Emilia —zanjó—. Y a partir de hoy solo mío. Si digo que irá a despedir a su padre, irá. ¿Crees que se va a traumatizar por ver un ataúd? ¿Te recuerdo con lo que se encontró ayer aquí? No voy a negarle a mi hijo los últimos momentos con su padre.

—¿Solo tuyo? ¿No es demasiado tarde para eso, Valentina?

Valentina hizo caso omiso del comentario.

—Roi es el heredero de Matías —le aseguró a su suegra.

—¿Aún no hemos ido al funeral y ya vamos a hablar de dinero?

—Después de catorce años, ya deberías saber que nunca he estado aquí por dinero, Emilia.

—No. No lo sé. Nuestro dinero te ha permitido llevar una vida muy cómoda. Así que antes de ir a ese funeral voy a contarte algo: Matías solo tenía una pequeña parte de Wagner Corporation. Su legítima estricta. Mi marido dejó todo en mis manos. Y esa legítima estricta es la herencia de Roi. Mientras yo viva, yo dirigiré Wagner Corporation, yo seguiré en esta casa, y yo me encargaré de que, como viuda de Matías, se te aporte una asignación digna. Podrás quedarte aquí, y si lo deseas puedo alquilarte un apartamento cerca. Y haré todo eso porque eres la madre de mi nieto y único heredero. No renunciaré a Roi. Dirigiré su educación y supervisaré todos vuestros gastos. Este es el precio que hay que pagar por seguir viviendo igual que hasta ahora.

—Eso no es lo que Matías habría querido.

—¿Qué sabes tú de lo que Matías habría querido? Fíjate que yo tampoco lo sé. Siempre pensé que te quería a ti. Había aprendido a convivir contigo. Con vosotros. Pensaba que lo hacías feliz, aunque él, como yo, era un hombre reservado. Y esa es la única razón por la que te respetaba un poco. Y ahora resulta que ni para eso servías.

—Yo no soy la responsable de las decisiones de Matías —replicó Val.

La anciana la miró con desprecio.

—Tú eres la responsable de esto. Tú lo has matado. Él puede decir lo que quiera en esa carta, pero yo sé la verdad. ¿Qué decía tu carta, Valentina? Te diré lo que decía la mía. Me decía lo que me quería y admiraba. Que fui una buena madre. Que estaba cansado de vivir, pero que había tenido una vida feliz y que le perdonase por no tener valor para seguir adelante. También me pedía que velase por vosotros. Imagino que no tenía mucha fe en tu capacidad para sacar adelante a Roi. Un hombre feliz no se cuelga de un cinturón en su propia casa. Solo él sabe por qué lo hizo, pero tú eras la responsable de esa felicidad. —La voz de Emilia no había perdido su frialdad, aunque Valentina podía percibir ahora la rabia y el dolor que descargaba contra ella.

—Solo porque imagino lo que siente una madre cuando pierde a su hijo voy a olvidar lo que acabas de decir. Puedes pensar lo que quieras respecto a la muerte de Matías. Pero voy a dejar algo claro: no vas a dirigir mi vida ni la de Roi. Estás muy equivocada si crees que te necesito, Emilia. Soy capaz de sobrevivir sola. Deberías saberlo. Las mujeres inteligentes nos reconocemos de un solo vistazo y tu inteligencia es lo único que admiro en ti. Hoy iré a ese tanatorio acompañada de mi hijo. Y los términos de la herencia de Roi solo los discutiré con el albacea, que sé que es Luis Valverde, de Valverde y Asociados. Y ahora voy a subir a mi habitación para dejarte sola y para que puedas llorar. Sé que no lo harás en mi presencia.

Ya en su habitación, se quitó toda la ropa y se contempló en el espejo. Reconoció a la Tina de quince años que lloraba en el baño de un museo porque estaba sola y asustada. Sabía que esa vez no habría nadie al otro lado de la puerta para ayudarla.

Abrió el armario y sacó un vestido rojo que Matías le había comprado en un viaje a Milán. «Pura belleza roja», había dicho él en cuanto salió del probador. Se le llenaron los ojos de lágrimas. Desechó el recuerdo de inmediato y se enfundó el vestido. Ese día no podía llorar. Ese día tenía que demostrarles a Emilia y al resto del mundo quién era la viuda de Matías Wagner.

Cuestión de fe

ROQUE
Santiago de Compostela, 16 de diciembre de 1984

—Usted habla de la fe a través del conocimiento. De la vivencia de la caridad. ¿Ha buscado la palabra *fe* en el diccionario, padre Roque? Yo sí. «Virtud teologal que consiste en creer como verdad indudable lo que enseña la Iglesia». «Indudable», padre. La Iglesia castra nuestra capacidad de búsqueda del conocimiento. ¿Y sabe por qué? Porque detrás de cada acto de fe existe una verdad racional que choca de frente con su Iglesia.

—Es la Iglesia de todos, Tina. Pero me interesa mucho tu teoría. En parte porque la comparto.

Algunos de los alumnos se rieron por lo bajo. El padre Roque era así, siempre los sorprendía. Sus clases eran divertidas y distintas, y en ellas hablaban y cuestionaban todos los aspectos de los libros de texto, e incluso temas hasta entonces prohibidos. En menos de tres meses, Roque ya había recibido dos avisos de la dirección cuestionando sus métodos, pero lo cierto era que los resultados de la primera evaluación de historia y religión revelaron un increíble nivel de implicación y evolución de sus alumnos. Roque sabía bien cómo motivarlos.

—Ponme un ejemplo —le pidió a Valentina.

—Compostela. Ciudad de peregrinación —obedeció ella al instante—. ¿De verdad se cree que el Apóstol está enterrado aquí? Algunos historiadores consideran que las tradiciones sobre la predicación de Santiago en España y su posterior entierro en Galicia no gozan de más credibilidad que la de una vulgar leyenda. La teoría de la cristianización y nacimiento del Camino de Santiago respondería a un determinado contexto histórico: la situación del Reino de Asturias al que pertenecía Galicia, en lucha con la España musulmana. Una mera cuestión de nacionalismo histórico. ¿Con qué quiere seguir? ¿Con la Inmaculada Concepción? ¿Con el origen del universo? ¿La teoría de la evolución?

—Tina formula hoy el eterno conflicto entre la ciencia y Dios. —El padre Roque se dirigía a la clase, antes de volverse de nuevo hacia ella—: ¿Me vas a preguntar por el origen del universo? Hablemos de ciencia. Me encanta la física cuántica. De hecho, soy un experto. En cuanto a tu teoría en torno al Apóstol, se puede rebatir fácilmente. Y aunque lo haga, harás bien en no dejarte convencer. Recordad esto: no debéis creer todo lo que os digan. Pero lo importante, Tina, es que más allá de teorías históricas o científicas, lo cierto es que ninguna de esas hipótesis demostrará que Dios existe..., pero tampoco demostrará lo contrario.

—Entonces ¿en qué quedamos? —preguntó Mara.

—Quedamos en que necesitáis descubrir a Dios fuera de la clase de religión. Dios no se busca. La religión es simplemente una forma de vida. Por eso, como coordinador de las actividades de los grupos de orientación cristiana, esta Semana Santa organizaré un viaje a los Ancares.

—¿Para qué?

—Iremos a trabajar en el campo. Ofreceremos nuestra ayuda a sus habitantes. Apenas hace diez años que abandonaron las pallozas. Los ayudaréis en su trabajo diario. Saldréis de la comodidad de vuestras casas. Me parece muy educativo que viváis siete días sin agua corriente, sin teléfono y sin televisión.

—Y sin padres —dijo Dani Leis en la primera fila.

Se oyeron unas risas.

El timbre ahogó el revuelo de la clase. Roque los observó mientras salían.

—Tina, por favor, ¿puedes quedarte un momentito?

La chica le lanzó una mirada contrariada que a él no le molestó: le gustaba su inconformismo.

—Quiero que te unas al grupo de orientación cristiana. Eres una de las pocas chicas de clase que no está en él.

—¿Anda a la búsqueda de nuevas almas, padre?

—Ando a la búsqueda de jóvenes inteligentes que quieran cambiar el mundo. Llévate el folleto, por favor.

La chica cogió el papel a regañadientes. Él le sonrió.

—No es usted como los demás —le reconoció ella.

—Tú tampoco, Tina.

El sacerdote salió dejándola sola. Ella leyó el folleto: «Jóvenes en marcha. Participa en una sociedad mejor. Grupo de Orientación Cristiana de Santa Catalina». Por lo menos el dibujo era bonito. El padre Roque tenía buen gusto. Quedaría muy bien en las camisetas, pensó, mirando el anagrama.

Una perfecta estrella azul de cinco puntas sobre un fondo amarillo.

Usufructo vitalicio

VAL
Madrid, 15 de enero de 2001

—Buenas tardes, Emilia.

—Llegas tarde, Valentina. Encarna, puede retirarse. Mi nuera no se quedará mucho tiempo. Por lo menos, no hasta la hora del té. Imagino que no quieres tomar nada.

—No, no quiero nada. Me marcharé temprano. Gracias, Encarna.

En cuanto la asistenta salió, Valentina avanzó hacia la anciana y se sentó en la enorme butaca de terciopelo rojo. Miró fijamente a Emilia Wagner, como acostumbraba.

—No te he dado permiso para sentarte.

—No lo necesito. Te recuerdo que esta es la casa de mi hijo.

—*Touchée*, Valentina. Y yo te recuerdo la cláusula del testamento de Matías: usufructo vitalicio sobre el inmueble a mi nombre. No necesitarás un abogado que te lo descifre, imagino. Creo recordar que estudiaste leyes antes de ir a la televisión a exhibirte como una furcia cualquiera.

—Resulta increíble tu dominio de nuestra lengua. —Val negó con la cabeza—. En fin, obviamente tenemos muchas cosas que aclarar.

—Si piensas que puedes desaparecer de la vida de tu hijo y volver cuando te dé la gana, estás muy equivocada. Durante el tiempo que estuviste encerrada en esa cosa, no sé ni cómo llamarlo, yo estuve pendiente de él, en permanente contacto con el director Campbell-Smith. Y no creas que ha sido fácil para tu hijo, mi único nieto. Estás arruinando su vida como arruinaste la de Matías. No lo voy a consentir. Roi es la única razón que me queda para vivir. Y pienso vivir muchos años. No lo dudes.

—Basta ya —Valentina cortó a la anciana con tono tajante—, no voy a perder el tiempo con divagaciones. Ya te he dicho que pensaba irme pronto. Tengo treinta y un años y por primera vez en mi vida soy independiente. Libre. No dependo de nada ni de nadie. Y tienes razón: Roi es el único motivo que tienes para vivir. Así que escúchame bien, porque no lo voy a repetir: no puedes conmigo, Emilia. Ya no. Pero tienes algo que yo no le puedo dar a Roi: todos esos maravillosos contactos tuyos y tu posición. La de los Wagner. Yo también hablé con Campbell-Smith. No fue para tanto: Roi olvidará enseguida. Cerré bien todas las cláusulas contractuales con la productora. Se habló muchísimo del acaudalado empresario con el que me casé embarazada a los quince años, pero el apellido no trascendió. No pueden filtrarlo ni emplearlo en ningún programa. Cedí todos los derechos de mi imagen *ad futurum*, pero el pasado está bien guardado bajo llave. Vengo aquí a entregarte esa llave, Emilia. Te estoy entregando a mi hijo. A partir de ahora me veré con él solo en el extranjero, lejos. Cuatro veces al año. Siempre bajo tu supervisión. Tú serás su presencia familiar. La persona que acuda a las graduaciones. La que aparecerá en todos los actos relevantes de su vida. Mi única condición es que Roi sea libre para decidir su futuro en cuanto acabe sus estudios.

Emilia abrió la boca y la volvió a cerrar.

—No lo entiendo —dijo finalmente.

—Sé que no lo entiendes. No pretendo que lo hagas.

—Una buena madre no renuncia a su hijo. Jamás.

—Curiosa afirmación, viniendo de alguien que pagó a mi madre para que renunciase a ver a su nieto.

Emilia la miró con sorpresa.

—Siempre he buscado lo mejor para Roi, y para Matías —se justificó—. Eso es lo que hace una madre. Claro que tú no tienes ni idea de ser madre. No tienes ni idea de nada. No imaginas el dolor que supone ver morir a un hijo.

—Yo no tuve la culpa de lo que pasó con Matías. Yo lo quería. Siempre lo quise.

—¿El viejo asqueroso con el que te casaste por interés? Te oí decir eso en un programa.

—Val Valdés es un invento, un producto de marketing. Siempre te tuve por más inteligente. La única verdad que dije en ese programa fue que eras una bruja despiadada.

La anciana encajó el golpe.

—¿Cómo sé que no volverás para reclamarlo? ¿Pretendes que me fíe de ti?

—Hace mucho que no pretendo nada de ti, Emilia. Los términos del acuerdo están en manos de mis abogados. Mañana remitiremos una copia a los tuyos. No temas, pienso cumplir este acuerdo. Estamos hablando de mi hijo, no lo olvides. Que pases una buena tarde.

Como acostumbraba hacer, Val salió de la estancia sin volver la vista atrás.

Emilia tocó el timbre para llamar a Encarna. Necesitaba un té. Coger fuerzas. Tenía ochenta y cinco años y un adolescente al que criar.

Usufructo vitalicio.

Dormir

VAL
Roma, 21 de junio de 2005

Valentina se quitó los vaqueros y la camiseta. Acababa de despedir a Roi en el aeropuerto, hasta septiembre no volvería a verlo. Observó su sonrisa en el espejo. La borró al instante. A veces le sucedía: se le quedaba congelada esa estúpida pose de foto. Val Valdés en estado puro. Mirada al frente, sin temor; sonrisa no demasiado franca, tan solo un leve esbozo, siempre mostrando los dientes; cabello suelto, recogido tras la oreja izquierda y el resto de la melena cayendo sobre su rostro, para ocultar parcialmente el ojo derecho y la pequeña cicatriz que tenía sobre la ceja; la espalda recta y un mínimo escorzo que ofrecía su mejor perfil.

Llevaba años ofreciéndole al mundo su mejor perfil. Se acercó al espejo.

Treinta y cinco años. Sentía que había vivido treinta y cinco vidas. En sus ojos verdes veía reflejadas todas ellas. A la niña, a la esposa, a la estudiante, a la madre, a la concursante, a la empresaria.

No le gustaba lo que veía. La mujer que quería ser no sonreía a todas horas, tenía ganas de llorar. Debía de ser reconfortante poder hacerlo. Val Valdés no se permitía nunca llorar. Sabía que el día que comenzase no podría parar. A las puertas del embarque, abrazó a su hijo y le dijo que no podía acompañarlo porque tenía negocios pendientes en Roma. Mentía, por supuesto. Roi no necesitaba una madre en esos momentos. Necesitaba ser un Wagner. Estudiar en Oxford. Conocer a toda esa gente que la había acogido en su círculo social cuando Matías se casó con ella y que la miraba con desprecio tras ganar *Sobreviviendo*. Esa misma gente que desde que aparecía en público con Alejandro Echeverri se forzaba a saludarla con una inclinación de cabeza. Sabía lo que decían de ella, pero no le importaba. Val Valdés estaba por encima de eso.

Alejandro había aparecido en el momento adecuado, para acompañarla cuando en los días como ese se preguntaba si merecía la pena tanto esfuerzo y tanta renuncia. Para acompañar a Val Valdés y que esta no sintiese la tentación de volver a ser simplemente Valentina. Simplemente Tina.

«No necesitas el dinero, conmigo nunca te hará falta», le había dicho Alejandro.

No, no necesitaba dinero. Necesitaba no necesitarlo. Necesitaba no sentirse sola ni depender de nadie. Eso era algo que Alejandro no entendía. Pero eso no era lo importante. Por primera vez en muchos años podía mirar a los ojos de Emilia sin sentir que ella dirigía su vida. Y el precio que tenía que pagar era mentir a su hijo a las puertas de un aeropuerto, decirle que, por enésima vez, no podía acompañarlo.

Sintió que se le nublaba la vista.

No, no lloraría. Cogió un camisón de la maleta. Eran las seis y media de la tarde, pero no tenía ganas de nada. Solo quería dormir. Abrió el neceser. Cogió un Orfidal y un Motivan. Se preguntó qué pasaría si doblaba la dosis. «Dormir es de pobres, querida —acostumbraba decir Alejandro—. Una escandalosa pérdida de tiempo».

Así era. Su tiempo cotizaba en bolsa. «Mi vida también», pensó.

Otro Orfidal. ¿Cuánto tardaría en hacerle efecto? ¿Y si los tomaba todos?

Val Valdés no se rinde. Val Valdés no llora y sonríe al espejo hasta cuando está sola. Val Valdés sabe que debe alejarse de su hijo. Otro Motivan. Que te jodan, Val Valdés. Sintió las lágrimas deslizarse por las mejillas. Un Orfidal. Se escuchó llorar, como si el sonido de ese llanto proviniese de otra persona. En efecto, así era. Un Motivan. Se buscó en el espejo. Observó las lágrimas que, por primera vez en años, corrían libres por su rostro. Estaba en lo cierto. Ya no podría dejar de llorar.

O sí.

Cogió las pastillas y las vació en el vaso de agua.

Solo quería parar. Nunca debió rendirse, dejar de ser Val. Solo quería dormir. «Dormir es de pobres, querida».

Que te jodan, Val Valdés.

Un millón de euros

ROI

Centro penitenciario de Teixeiro, 5 de agosto de 2013

Roi respiró hondo, agradecido de dejar atrás el asfixiante calor de Madrid. Le había costado convencer a Miriam para que no lo acompañara. A esas alturas ya tenía que estar en Ibiza con sus padres. Le había prometido que iría a pasar un fin de semana con ella. Se le daba bien hacer promesas que no pensaba cumplir.

Atravesó todos los controles. No sabía cómo lo iba a recibir su madre. Había prohibido expresamente las visitas y las únicas noticias de ella le llegaban a través de Alonso. El abogado había rechazado hacerse cargo de su defensa y le había encargado la causa a los especialistas en derecho penal de un prestigioso bufete.

Los últimos tres meses habían sido un infierno. Ella se negaba a dar explicaciones. No se comunicaba con él. No permitía llamadas. No respondía a las preguntas de Alonso ni del propio Roi. Y no negaba los hechos.

El hombre al que había matado se llamaba Daniel Leis. Roi no había oído hablar de él en su vida. Bien mirado, no era tan extraño. Por lo que a él respectaba, la vida de su madre había comenzado el día en que se había casado con su padre y casi había finalizado cuando salió de *Sobreviviendo*.

Tras el concurso, los contactos con su madre se habían limitado a breves visitas en Saint-Tropez, Londres, París o Roma. Meros encuentros de fin de semana en los que se ponían al día de la vida de Roi. Formaban una atractiva pareja, parecía su hermana mayor. En esos fines de semana visitaban museos, vagaban por las calles y sobre todo hablaban mucho. Él nunca la visitó en su casa e ignoraba si tenía alguna en España. A los veintiún años lo llevó a la sede del Grupo LAV y lo presentó como su heredero. No fue hasta que finalizó sus estudios cuando se incorporó a la empresa, bajo la estricta supervisión de Alonso Vila. Su abuela Emilia lo había aceptado a regañadientes, tras insistir para que se incorporase al plantel directivo de Wagner Corporation. Él había escogido LAV. Tener cerca a su madre era una tentación demasiado fuerte. Allí conoció a una nueva Val. La jefa. Esa Val era menos divertida que la que lo paseaba por Europa. Roi sentía su mirada pegada día y noche a su nuca. Cada uno de los errores que cometió en su aprendizaje se los restregó delante de los demás empleados sin pudor. No era fácil ser el hijo de Val Valdés. Tampoco lo era ser el hijo de una asesina.

Podía asumir que su madre había matado a un hombre. Tan solo necesitaba saber por qué. Alonso y Emilia tampoco le decían nada, así que, llegados a ese punto, no le había quedado otra opción que coger un avión. Por eso estaba allí, respirando hondo. Muy hondo.

Entró en la estancia.

—Hola, mamá. Sé que no querías que viniese, pero...

—Chis... Está bien, cariño. Está bien. Dale un beso a tu vieja madre.

Roi sonrió ante lo absurdo del comentario y se abrazó a ella.

—¿Por qué, mamá? ¿Quién es él?

—No voy a hablar de eso. No contigo. Esto es un asunto mío y solo mío. De verdad. Está bien, Roi, está bien. No quiero que te preocupes. Me tienes que prometer que vas a hacer todo lo que te mande Alonso. Estoy arreglándolo todo, ya no puedo seguir al frente de la empresa. Tienes veintisiete años, Roi. Ha llegado el momento.

—No me importa la empresa. Mamá, ¡has matado a un hombre! Premeditadamente. Lo has admitido. No me hables del maldito Grupo LAV.

—Esa empresa la creé para ti, Roi. Lo demás no importa ahora.

—Sí que importa. Quiero alguna respuesta. La necesito. ¿Quién era ese hombre?

—Un mal hombre. Esto no tiene que ver contigo. Olvídalo.

—Si tiene que ver contigo, tiene que ver conmigo. ¿Cómo pudiste, mamá?

—Pude, Roi. Simplemente pude.

Se quedaron callados.

—Tienes que hacer una cosa por mí —dijo ella al cabo de unos segundos, rompiendo el silencio—. Quiero que abras dos cuentas en Suiza, a nombre de Iria y Alfonso Leis, cada una de quinientos mil euros. Son los hijos de Daniel. Y quiero que se los hagas llegar a través de su madre, Nuria Sierra. Alonso tiene todos los datos. Dime que te encargarás de esto personalmente.

—¿Te has vuelto loca? ¿Eso es lo que vale la vida de un padre? ¿Un millón de euros?

—No, Roi. No te confundas. Eso es lo que vale la vida de mi hijo.

Nostalgia

VAL
Madrid, 14 de mayo de 2013

—¿De verdad tiene que pasar tanto tiempo entre cita y cita?

—No ha pasado tanto. Soy una mujer ocupada. Y sabes que no me gusta que me marquen los ritmos.

—Un mes y medio. Tú no llevas la cuenta, pero yo sí.

—Alejandro, ya sabes lo que hay. Y es lo mejor, créeme. Si me fuera a vivir contigo, descubrirías que la rutina es rutina, incluso al lado de Val Valdés.

Val se incorporó en la cama y le dio la espalda. Sin molestarse en continuar con la conversación, cogió su ropa interior y empezó a vestirse. Habían quedado en casa de él, como siempre.

—¿Ya te vas? Apenas son las once.

—Mañana trabajo. Tengo un montón de cosas que hacer. Este fin de semana me voy a Galicia.

—Pues encárgaselo a tu rottweiler y quédate a dormir conmigo.

—No le llames así. Alonso es más que un empleado y lo sabes. Y también sabes que nunca duermo fuera de casa. ¿Qué te pasa hoy? Estás raro.

—No estoy raro: estoy harto, Val. Hace casi diez años que te conozco y no hemos avanzado ni un centímetro en esta relación. Para ti esto se reduce a quedar, echar un polvo, contarme cuatro anécdotas divertidas o pedirme consejos financieros.

Val se puso el vestido blanco y recogió los zapatos del suelo. Se sentó en la cama y se acercó para besarlo. Apenas un leve roce en los labios.

—Bueno, pues entonces hace casi diez años que sabes que estas son las claves de una muy buena relación. Tú ya has estado casado y reconocerás que esto es mucho más satisfactorio.

—Yo he estado casado con la hija de un aristócrata que meaba colonia. No te compares con mi exmujer.

—Bueno, pues yo he estado casada el tiempo suficiente para saber que nunca volveré a estarlo. Y si no puedes asimilarlo, igual es el momento de que esto se acabe.

Alejandro la agarró por un brazo y ella se zafó rápidamente.

—No seas idiota. En realidad, no quieres casarte conmigo. Quieres casarte con Val Valdés.

—Por supuesto. Y esa eres tú.

Val sonrió. Alejandro Echeverri era el amante ideal: atractivo, discreto, divertido y lo bastante inteligente para reconocer los límites que ella ponía a su relación. Por lo menos hasta entonces.

—Sí, pero soy más que eso, Alejandro.

—Pues a mí no me dejas ver más allá.

—No te pongas místico ni te hagas la víctima. Me acuesto contigo, somos amigos, nos reímos juntos. No tengo mucho más que ofrecerte.

—No es cuestión de victimismo. No soy un gilipollas. Hay una parte de ti a la que no accede nadie y me gustaría que al menos por una vez no me tratases como a los demás. Por ejemplo, si te pregunto a qué vas a Galicia, ¿me vas a contestar?

Val se puso los zapatos de tacón y se levantó de la cama.

—No te trato como a los demás. Nunca lo he hecho. Voy a cerrar un asunto pendiente. Un asunto de mi pasado. De esa época en la que Val Valdés no existía y es más que probable que no vuelva a Madrid. Así que necesito pedirte que estés cerca de Roi. Emilia daría la vida por él, pero tiene casi cien años. No va a estar siempre ahí. Y confío en Alonso, pero él no tiene tu situación. A Roi van a cerrársele muchas puertas. Quiero que me prometas que tú estarás ahí para abrírselas.

—Me estás asustando. —Alejandro se incorporó en la cama, frunció el ceño—. ¿Qué sucede? En serio, Val, ¿a qué vas a Galicia? ¿Y qué es eso de que no vuelves?

—Olvídalo. Hoy he tenido un día muy largo y no sé bien lo que digo. Es solo que hace mucho que no vuelvo a Galicia y la nostalgia es una mierda. Mañana lo veré todo con más claridad.

Val se agachó y lo besó de nuevo. Esta vez de forma distinta. Demorando el momento de separarse, e intentando olvidar el hecho de que ese sería su último beso.

En efecto, la nostalgia era una hija de puta.

Esperar

DANI
Donís, los Ancares, 3 de abril de 1985

—¿Ya te la has follado? —preguntó Rafa.

—Y a ti qué te importa, gilipollas.

—¡Uy, Dani está enamorado!

La casa en la que dormían era la antigua casa del cura de la zona. Estaba prácticamente abandonada. Eran tan solo doce chavales y el padre Roque. Los chicos estaban en el piso de arriba, repartidos en dos habitaciones con literas. Las únicas cuatro chicas tenían una habitación para cada una.

Llevaban dos días allí y se sentían a años luz de la civilización. La casa no tenía ducha ni retrete. El único teléfono estaba a cuatro kilómetros y la conexión era por vía aérea, por lo que nadie les aseguraba que funcionase.

—No te pases ni un poco. —Dani golpeó a Rafa suavemente en el hombro.

Desde su llegada se habían dedicado a visitar a los vecinos para ayudarlos en sus tareas diarias en los campos y con el ganado. Dani y Tina eran la única pareja del grupo, aunque Santi y Mara se habían enrollado la noche anterior.

—Venga ya, tío, lleváis saliendo una eternidad.

—Un año.

—¿Y necesitas un año para tirarte a una tía?

—¿Y qué sabrás tú, pringado, si te matas a pajas?

—A pajas te matas tú, que Tina es una estrecha.

—Te estoy diciendo que no te pases ni un poco. Tina es mi novia.

—¿Ves? Estás enamorado.

Dani sintió que se encendía cada vez más. Le entraron ganas de partirle la cara. Cogió un cigarrillo de su mochila y lo encendió. Abrió la ventana para airear. El padre Roque era bastante permisivo en general, pero seguro que les echaba la bronca si se daba cuenta de que habían fumado.

—Deberías bajar, entrar en esa habitación y decirle que deje de hacerse la estrecha. ¿Santi está aquí? No. ¿Dónde está? En la habitación de Mara. El padre Roque no se va a enterar de nada.

—Que me dejes en paz.

—¿No será que eres maricón, Leis?

Dani se levantó de un salto y se lanzó sobre él. Le arreó un puñetazo que Rafa esquivó. Al momento los separaron sus compañeros.

—Cállate la puta boca.

—Joder, tío, estamos aquí sin padres, con el padre Roque, que es el único cura enrollado del cole y tú estás con nosotros. A mí me lo explicas.

Podría explicárselo. Que se moría por desnudarla, por tocarla, pero que ella se resistía. Que a diez minutos de besos les seguían veinte de excusas. Aún no. No estoy preparada. Pues claro que te quiero. No se trata de lo que tú quieras. Debemos quererlo los dos. Y él, que se conformaba con cogerla de la mano, con reír con ella, con ser su único confidente, esperaba. Esperaba. Esperaba. Y si ella lo había elegido a él, era precisamente por eso, porque sabía que, para él, lo más importante era estar con ella. Salir juntos. Compartirlo todo: libros, canciones, pelis. Pasar juntos el domingo por la tarde. Hacer juntos los deberes. Besarla en su portal. Y esperar.

Dani sintió las miradas de sus compañeros clavadas en él.

—Rafa tiene razón, tío —intervino Berto—. ¿Qué coño haces aquí? Bajas y te metes en su habitación. Y si no quiere, haces que quiera.

Esperar. No había nada que esperar. Todos lo miraban. Era su novia. Desde hacía un año.

Les dio la espalda y salió de la habitación sin decir ni una palabra. Bajó las escaleras de puntillas.

Delante de la puerta se pensó si entrar o no, pero sabía que no había vuelta atrás. Entraría. Se metería en su cama.

Giró el picaporte con cuidado para no hacer ruido. El padre Roque dormía justo encima.

En su cabeza solo resonaba la voz de Berto.

«Si no quiere, haces que quiera».

Preparativos

ALONSO
Madrid, sede del Grupo LAV, 15 de mayo de 2013

—Pasa y cierra la puerta, por favor.

Alonso entró en el amplio despacho. Val revisaba los papeles del portafolios. No levantó la vista hasta que se sentó enfrente de ella.

—Quiero hacer un poder general para Roi. Que tenga acceso a todas mis cuentas y bienes. Y quiero un cambio en los estatutos para que Roi me pueda suceder en caso de ausencia, vacante o enfermedad en su condición de vicepresidente del Grupo LAV.

—Para eso tendría que ser nombrado vicepresidente.

—Llama a la notaría. Encárgate también de hacer un poder a tu favor para representarme en la Junta General que apruebe el cambio de estatutos y su nombramiento.

—Lo haré, pero antes ¿me vas a decir de qué va esto o tengo que imaginarlo? Roi es inteligente y está bien formado, pero un poder general no es ninguna broma. Y la vicepresidencia tampoco lo es.

—Nunca se sabe cuándo dejaré el timón del barco. Estoy muy cansada, Alonso. A veces tengo la sensación de que empecé a vivir hace mil años. Y, por cierto, este barco es mi barco. Yo decido quién lo gobierna.

—Pues descansa. Pero no me gusta nada lo que estoy oyendo. Piénsatelo veinticuatro horas. Te estás precipitando y eso no es propio de ti. En absoluto.

—Tan solo estoy tomando medidas por si pasara algo. Cuando Matías murió, habría agradecido mucho que hubiera dejado las cosas mejor atadas, de manera que su madre no hubiese podido disponer de mi futuro y del de Roi a sus anchas.

—¿Qué pasa? ¿Tú también te vas a suicidar?

—Cuídate mucho de hablar de Matías. —Val le dirigió una mirada igual de fría que su tono de voz.

—Lo siento. Me he excedido.

—Estás hablando del padre de mi hijo. Y fue un padre excelente.

—Que se suicidó.

—A Matías le habían diagnosticado la enfermedad de Huntington. No eres nadie para juzgarlo. Tan solo ejerció su derecho a tener una muerte digna. Murió como vivió. Si le cuentas esto a alguien, si esta información llega a los oídos de Emilia o Roi, me encargaré personalmente de sacarte a rastras del Grupo LAV. He ocultado esto a mi suegra durante años. He cargado con las culpas de ese suicidio, porque él no se merecía otra cosa a ojos de su madre. No voy a consentir que nadie juzgue a Matías. Y menos tú.

—Pero ¿qué coño te pasa? Soy yo, Alonso. Mírame. —Clavó los ojos en ella—. Sabes que no estaba juzgando a Matías. Es solo que no entiendo que actúes así. Si está pasando algo, creo que tengo derecho a saberlo.

—¿Tienes derecho, Alonso? ¿A qué tienes derecho? ¿Quién te crees que eres? Eres mi asesor y mi abogado. No eres ni mi padre, ni mi novio, ni mi amante, ni mi marido.

—No. Soy tu amigo. El único que tienes. Más valdría que no lo olvidases.

Alonso salió del despacho dando un portazo.

Definitivamente algo iba mal en la vida de Val. Ella nunca improvisaba. Nunca. Y ahora salía con lo de Matías, sin venir a cuento. Jamás le había contado nada, aunque él ya se lo imaginaba. Tras revisar las cuentas de la herencia de Roi ya se había percatado de que la situación económica de su padre no había sido determinante para el suicidio. De hecho, Matías Wagner era un hombre rico cuando murió, pero sus activos estaban en manos de Wagner Corporation, donde la toma de decisiones recaía en su madre, Emilia Wagner. Él, como abogado y representante legal de Val, mantenía duras discusiones con Emilia, que no cedía ni un ápice de poder en la empresa que seguía dirigiendo con mano firme a pesar de su avanzada edad. Cuando muriera, todo sería de Roi.

Huntington. Entendía la decisión de Matías. Lo que ya no entendía era por qué antes de suicidarse no había explicado las causas. El silencio situaba a Val en el ojo del huracán. Tampoco entendía que no hubiera dejado a su mujer y a Roi en mejor posición. Que los dejara dependiendo de Emilia. Ya era tarde para contestar a estos interrogantes. Las respuestas solo las tenía Matías.

Matías. Siempre Matías. Alonso sentía su presencia omnipresente entre él y Val. Permanentemente. Él había aprendido a convivir con ese fantasma. Val se había encargado de ello desde el primer día.

Entró en su despacho y le dijo a su secretaria que no le pasara llamadas. Escribió un correo electrónico a la notaría para dejar listo lo antes posible el asunto de los poderes. Aquello no tenía ningún sentido. No sabía lo que era, pero Val andaba metida en algún lío y él no se quedaría quieto como un espantapájaros. Se iba a encargar de averiguar qué sucedía. E iba a arreglar lo que quiera que fuese que la preocupaba. Porque desde el mismo instante en que la conoció solo había deseado una cosa: ser él también ese hombre en el museo que la había salvado una vez.

Y su instinto le decía que la oportunidad que llevaba ocho años esperando estaba a punto de llegar.

Turbulencias

DANI
Madrid, 8 de marzo de 2013

La mujer que se sentó a su lado era atractiva. A Dani no le gustaban las mujeres de su edad. Prefería a las chicas jóvenes como Tamara, pero reconocía que esa tenía un punto. Un buen cuerpo. Pelo corto y ojos claros. Así se imaginaba que sería Tina con cuarenta años. Lo curioso era que esta mujer no se parecía en nada a Val Valdés.

Mientras despegaban en Barajas, el estómago le dio un vuelco. Odiaba volar. El avión iba lleno: políticos, empresarios, ejecutivos... Era el último del día.

La mujer llevaba un portafolios de Hugo Boss y un reloj caro, y vestía un traje de chaqueta de corte impecable. Aunque Nuria se gastaba fortunas en ropa, nada le sentaba bien. Desde que había nacido Iria no había conseguido recuperar la figura. Es más, cada día estaba más gorda. Miró a la mujer de reojo. La verdad era que no estaba nada mal. Arrimó su pierna a la de ella. Ella se puso rígida. Joder, cuanto más la miraba más le gustaba. Le sonrió. Se arrimó otro poco. Ella colocó el portafolios entre los dos. Dani sintió una furia incontrolable dentro. Una furia antigua y que creía olvidada. Solo era una fulana frígida, como todas.

Cerró los ojos, contando los minutos que quedaban para aterrizar en Santiago. El día había sido muy fructífero. Había conseguido ver a Tina desde la distancia. Uno siempre piensa que los famosos viven en una urna de cristal, y sin embargo tan solo necesitó un par de horas sentado frente a la puerta principal del Grupo LAV para verla. Había salido a mediodía a comer a una cafetería cerca de sus oficinas. Era ella y no lo era. Los años habían sido generosos con Tina, pero Dani no fue capaz de encontrar ni rastro de la chica por la que había estado loco hacía un siglo. La acompañaba un hombre, pero no tenía pinta de ser su novio. Un compañero de trabajo, quizá. Les sacó algunas fotografías a distancia. En cuanto llegase a Santiago contrataría a alguien para investigarlos. Se sintió estúpido al pensarlo. Eso tenía que habérsele ocurrido hacía ya unos meses.

Entraron en una zona de turbulencias y Dani comenzó a sudar a mares. Se levantó para quitarse la chaqueta. La azafata se dirigió hacia él y le pidió que se sentase y se abrochase el cinturón mientras señalaba la señal luminosa sobre sus cabezas.

—Enseguida pasa —le dijo su compañera de asiento.

La mujer lo miraba con cierto aire de compasión. La muy puta. Eran todas iguales. Primero le apartaba la pierna y después lo miraba como si fuera un perro desvalido. No se molestó en contestarle.

Volvió a cerrar los ojos. Pensó en Tina. Esa Val no le importaba un *carallo*. La mujer a la que había visto ese día no era más que una parte de su plan. Pero era pensar en Tina y perdía el control. Ahora, si echaba la vista atrás, no podía entender cómo demonios no se había enterado de esa historia de Val Valdés. Cómo no había sabido que era Tina. Repasando las hemerotecas comprobó que en el año 2000 España entera vivía por y para *Sobreviviendo*. Vivía para una mujer de treinta años que había puesto patas arriba la televisión nacional. El país se había dividido entre sus partidarios y sus detractores. Unos pensaban que no era más que una pobre viuda que necesitaba sacar adelante a su hijo. Para otros era una fulana capaz de acostarse con cualquiera por dinero. Y él estaba totalmente al margen. A buen seguro, su madre se había cuidado mucho de contarle que esa Val era Tina. Recordaba haber oído que era compostelana, pero eran otros tiempos. Apenas manejaban internet y por aquel entonces él andaba todo el día puesto de coca hasta las orejas, y eso sin contar con que tenía dos niños muy pequeños que apenas le dejaban tiempo para nada. Demasiado ocupado para ver la televisión o leer periódicos. De hecho, había estado a punto de perder el trabajo. Su padre había tenido que mover todas sus influencias en el banco para evitar que lo despidieran.

Pero eso había quedado atrás. Ahora estaba en el lugar correcto, en el momento idóneo. Ahora sabía todo lo que tenía que saber.

La azafata anunció que llegaban a Santiago, y Dani cogió su chaqueta. Mientras observaba el culo de la falsa Tina que caminaba hacia la puerta de salida, comprobó que en el bolsillo estaba su móvil con todas esas fotografías de Val Valdés. No era suficiente. Necesitaba contratar un detective.

Necesitaba el certificado de nacimiento de Roi Wagner González.

Preguntas sin respuesta

ROQUE
Santiago de Compostela, 21 de junio de 2013

—¿Es usted el padre Roque?

—Sí, soy yo. ¿Viene usted por la inscripción? Temo que ya está cerrada.

—No. Verá, no sé muy bien cómo comenzar. ¿Podríamos ir a un lugar más retirado? ¿A su despacho?

Se encontraban en el patio de Santa Catalina, despidiendo el curso académico. Uno más. El último, mejor dicho. El 1 de septiembre se trasladarían a las modernas instalaciones en el Milladoiro. La miró disimuladamente. Era morena y baja. Parecía nerviosa.

—Estamos cerrando el curso y tengo que despedir a los padres. Quizá hoy no es el mejor día.

—Por favor...

Roque percibió la súplica en su voz y asintió con un ademán.

—Haga el favor de esperarme en la iglesia. Seguro que allí podremos hablar más tranquilos.

La iglesia de Santa Catalina tenía una sobria fachada neoclásica. Era una iglesia hermosa y fuerte como su fe. Cada vez que su voluntad había flaqueado, Roque había encontrado en ese edificio serenidad, equilibrio y respuestas. Perdón para sus faltas. Comprensión para atender a quienes estaban a su cargo. Fuerzas para ejercer su ministerio. Para guiar a varias generaciones de niños. No podía evitar sentir que parte de su alma estaba a punto de ser expropiada.

Al verlo llegar, la mujer se quitó las gafas de sol y Roque se percató, a pesar de la oscuridad, de que estaba terriblemente pálida.

—Padre Roque, soy Nuria Sierra.

—Temo que no recuerdo...

—No nos conocemos. Soy la viuda de Daniel Leis.

—¡Por Dios, hija! Lo siento muchísimo. Por supuesto, vi fotografías en los periódicos y también estuve en el funeral. Siento no haberla reconocido. Mi más sentido pésame. Estoy seguro de que Dios tendrá compasión del alma de Daniel y lo habrá acogido ya en su seno.

—A estas alturas, el alma de mi marido no me importa, padre, pero los que quedamos aquí estamos sufriendo las consecuencias de sus actos. Necesito ayuda. —Se le quebró la voz y rompió a llorar—. Por el amor de Dios, tengo dos hijos adolescentes y no soy capaz de mirarlos a los ojos para darles una respuesta.

—Nuria, no sé en qué puedo yo ayudarla, más allá de ofrecerle consuelo cristiano...

—¡No quiero consuelo cristiano! ¡Quiero respuestas!

—¿Respuestas a qué? ¿Cuáles son las preguntas? —El padre Roque la miró a los ojos, compasivo—. Conocí a su marido. Fue alumno mío. Pero hace veinticinco años que dejó el centro. Por Santa Catalina han pasado cientos de alumnos desde entonces.

—¿Y la mujer? Val Valdés. También fue alumna suya.

—Tan solo en primero de BUP. Después se marchó a vivir a Madrid. No le voy a descubrir nada que no haya leído en los periódicos. No los volví a ver a ninguno de los dos hasta la noche del asesinato. Nos encontramos todos en el hostal de los Reyes Católicos. Cenamos, charlamos y, antes del postre, Daniel y Val abandonaron la cena. Al día siguiente, por la tarde, una exalumna me comunicó lo sucedido. Aún no puedo creerlo.

Nuria abrió el bolso y sacó unos papeles.

—Dani viajó a Madrid en marzo de este año. No hacía falta llevar dieciocho años casada con él para darse cuenta de que tramaba algo. Después encargó una investigación sobre Val Valdés. Lo sé porque descubrí este informe de seguimiento de un detective privado. Y este certificado del Registro Civil.

—¿Y qué tiene eso que ver conmigo?

—En el sobre estaba apuntado su nombre y su número de teléfono. Le eché un vistazo. Sé el tipo de hombre que era Dani. Incluso creo que la palabra *hombre* le viene grande. Ignoro qué sabe usted de lo que se traían entre manos, pero él está muerto y esta información afecta a mis hijos. Usted los conoció en esa época. Dani quería saber su opinión del asunto, por lo que parece. Y yo también quiero saberla.

—Déjeme verlo.

El sacerdote cogió los papeles, y con una breve ojeada lo comprendió todo. Como en esos pasatiempos de cuando era niño, las líneas conectaron los puntos siguiendo un orden numérico hasta dibujar una forma concreta que antes permanecía oculta. Y la verdad se le mostró como su fe. Recordó a Dani, aquella tarde de junio, y comprendió que aquel secreto le había costado la vida. También comprendió que, si en aquel instante no había hecho nada, ahora ya era demasiado tarde para remover un pasado que estaba custodiado por el secreto de confesión.

—De todas formas —continuó Roque—, ¿qué sentido tiene todo esto ahora? Tiene usted que olvidar, Nuria. Debe llegar al perdón. La ira no le devolverá a Daniel.

Ella abrió la boca y la volvió a cerrar. Si Roque hubiese podido adivinar sus pensamientos se habría sorprendido al descubrir la verdad. Que no le importaba el pasado. Que solo quería respuestas para sus hijos. Y que no le llegaban los días de su vida para agradecerle a Val Valdés que hubiera matado a ese hijo de puta.

Sin pecado concebida

DANI
Colegio Santa Catalina, 28 de junio de 1985

Uno nunca vuelve a ser niño, ni al momento en que toma conciencia de que ha dejado de serlo.

Si a Dani le preguntasen cuándo fue ese momento, seguramente no encontraría la respuesta. Él siempre había imaginado que ser adulto tenía que ver con comportarse como sus padres. La realidad es que crecer consistía en no tener ni idea de cómo actuar. Acababa de descubrir que lo que realmente suponía era que nadie te diría ya cómo hacerlo, cuál es la decisión adecuada. Acababa de descubrir el vértigo de asumir las propias decisiones.

La semana anterior, a la puerta de los recreativos, no había sido capaz de reaccionar. Eso no iba con él. No era su problema.

«No es mi problema —se repitió—. Es problema de Tina».

Se suponía que los problemas de Tina también eran sus problemas. Se miró en el espejo del baño. Estaba empapado en sudor. Abrió el grifo de agua fría y se mojó la cara. Se quitó la corbata granate y la americana azul marino. Era un tío guapo. El más guapo de la clase. Por eso Tina lo había escogido. A él.

«No es mi problema», repitió.

Pero lo era. Lo decidió justo en ese instante. Decirlo en voz alta le mostró que estaba dispuesto a asumirlo. Si era problema de Tina, también era su problema. Nadie te dice nunca cuál es la decisión acertada, pero en ese momento tuvo claro lo que tenía que hacer.

Abandonó los baños, dispuesto a encontrarla. Ya en el exterior, la buscó con la mirada. Era el último día del curso. El patio era un hervidero de despedidas y promesas. Localizó a Mara, pero Tina no estaba a su lado. Barrió con la mirada las gradas del campo de baloncesto, sin éxito. Entró en los vestuarios y en el polideportivo. Preguntó por ella en la conserjería; no la habían visto salir. En clase ya no quedaba nadie, pero reparó en que su mochila seguía colgada de su silla. Se asomó a la ventana y entonces la vio. Salía de la iglesia.

No, nunca te dice nadie cuál es la decisión acertada. Pero a veces la única decisión posible se manifiesta ante ti con una claridad inusual.

Dani salió del aula y encaminó los pasos hacia la iglesia. Una vez dentro del templo, acomodó los ojos a la oscuridad y se dirigió al confesionario. Tina volvía de hablar con el padre Roque. No sabía lo que habría dicho, pero ahora le tocaba a él darle su versión de los hechos. No le veía la cara, pero imaginaba su rostro cuando le dijese que Tina y él iban a tener un niño. Actos adultos. Responsabilidades adultas. Tomó aire.

—Ave María purísima —murmuró.

Tras un breve instante, se oyó claramente la voz del sacerdote.

—Sin pecado concebida.

Saturno devorando a su hijo

VAL
Madrid, museo del Prado, 18 de mayo de 1985

—Espantoso, ¿verdad?

La voz del hombre sacó a Tina de su ensimismamiento, y le respondió de forma casi inconsciente, como el que recita una lección bien aprendida.

—Sí que lo es. Canibalismo e infanticidio agravado por el hecho de que el devorado es el hijo. No sé si es el marcado expresionismo o el carácter antinatural de la escena, pero su morbosidad resulta atrayente de una manera hipnótica.

—¡Vaya! —rio él—. Una mujercita formada. La mayoría de las chicas prefieren pararse delante de *Las meninas*.

—Yo no soy la mayoría de las chicas.

—Encantado entonces de conocer a una con tan buen criterio. Me llamo Matías.

—Yo soy Tina. Estoy de excursión. —Se percató de lo absurdo de la charla—. Mis compañeros están por ahí comprando regalos y yo estoy... yo estoy viendo cuadros. —No sabía por qué necesitaba explicarse delante de aquel desconocido.

—Te has escapado —dedujo él.

—No me he escapado. Solo estoy... pasando el rato.

—Viendo cómo Saturno devora a su hijo. ¿Cómo lo has definido? ¿Contra natura? ¿Te gusta el arte?

—Me gustan los museos. Y hasta ahora nunca había visto uno tan grande.

—¿De dónde eres?

—De Santiago.

Tina se dio cuenta de lo poco que le costaba hablar con aquel hombre de ojos azules. Siempre se sentía cómoda hablando con gente mayor. Tendría unos cincuenta años. Vestía un traje gris de rayas y una corbata a juego. Parecía un banquero o alguien importante. De pequeña soñaba a menudo con que tenía un padre así.

—Y tú ¿de dónde eres? —preguntó Tina.

—Soy alemán, pero vivo en Madrid desde niño.

—Ya, claro. No tienes acento.

Tina se sintió como una niña mal vestida en la misa de doce. Llevaba unos vaqueros gastados, una camiseta blanca con el lema LOOK AT ME, y unas viejas zapatillas J'hayber.

—Bien, pues encantada de conocerte, Matías. Creo que tengo que volver rápido, si no quiero que me busque toda la policía de Madrid.

—Te puedo acompañar. Mi coche está fuera.

—No —respondió ella bruscamente.

—Sí, claro, qué tonto. Nunca subas al coche de un señor desconocido que podría ser tu padre.

—Perdona, no quise decir eso. Es solo que... que no te conozco.

—Haces bien. Podría ser un violador, un asesino en serie o un pervertido que asalta a niñas en los museos. El asesino del museo del Prado.

Ambos se echaron a reír.

—Buen título para una novela —apuntó ella.

—Verás, no quiero asustarte, pero no me hace ninguna gracia que una niña como tú vague sola por esta ciudad. Esto no es Santiago de Compostela. Si no tienes inconveniente, le diré a mi chófer que te recoja en la puerta y te devuelva sana y salva a tu hotel. Antonio es un honorable caballero que evitará que te pierdas en esta loca ciudad. Es lo menos que puedo hacer, después del susto que te he dado.

—¿Por qué eres tan amable?

—Porque me recuerdas a una persona que conocí. Y porque te he visto saliendo del baño y me han llamado la atención tu cara de angustia y tus sollozos. Soy un hombre muy curioso y no puedo dejar de preguntarme por qué una chica tan guapa está tan sola y triste.

Tina bajó la vista, avergonzada. Ignoraba que él llevase tanto tiempo observándola.

—Vamos a hacer una cosa, te voy a dar mi tarjeta. Antonio te va a llevar al hotel. Quién sabe si algún día vuelves a Madrid y visitamos juntos algún museo.

Matías la acompañó al exterior. Le dio unas breves indicaciones al conductor.

—Ha sido un placer conocerte, Tina. —Sonreía al tiempo que le estrechaba la mano, como solo lo hacen los adultos—. Prométeme que si algún día vuelves a Madrid, me llamarás.

—Para mí también ha sido un placer.

Tina no volvió la vista atrás. Sentía una pena absurda e inexplicable por esa despedida. En quince minutos, Antonio la dejó en la puerta del hotel. Le dio las gracias y subió a la carrera esperando que nadie la hubiera visto bajar del coche de un desconocido.

Ya en la habitación que compartía con Mara, tiró la mochila al suelo y se acostó en la cama. Sacó la tarjeta del bolsillo.

Matías Wagner
Presidente de Wagner Corporation

Seguramente tenía alguna hija de su edad y la llevaba a los museos para comentar juntos algún cuadro. Aunque seguramente ese cuadro sería *Las meninas*. Y también seguramente no sospechaba cuánto desearía ella poder quedarse para siempre sentada delante de un cuadro, rodeada de turistas, aislada del mundo. En un par de días ya no recordaría a la chica a la que conoció mirando un cuadro de Goya.

Se levantó de golpe y corrió hacia el baño.

Por segunda vez en ese día, vomitó.

Atando cabos

—La junta general extraordinaria en la que se me nombró vicepresidente fue en junio.

—Ya lo sabes.

—Quiero saber la fecha del poder que te confirió mi madre para actuar en su nombre en esa junta, Alonso. ¿Es anterior a la del asesinato?

—¿Por qué?

—Porque quiero saberlo.

Alonso miró a Roi con resignación. Llevaba semanas evitando esa conversación. Roi no era ningún imbécil.

—Es anterior —respondió al fin.

—Anterior. Ya. Tú sabes lo que significa eso.

—Premeditación. Val lo dejó todo arreglado. Como siempre.

—¿Quién más sabe esto?

—Por ahora nadie ha preguntado por el asunto. Solo tú te has dado cuenta de la importancia de la fecha del poder. Y así se va a quedar. Por lo que a mí respecta, si alguien me pregunta, diré que yo convencí a Val para nombrarte vicepresidente porque consideraba que era el momento ideal para un traspaso de poder.

—Y dirás eso en un juicio, ¿bajo juramento?

—Sabes que sí, Roi.

—¿Tienes idea de por qué lo hizo?

—Ella no dice nada.

—No te he preguntado qué dice. Te he preguntado si tienes idea de por qué lo hizo. Deja de tratarme como a un niño, Alonso. Dejad de hacerlo todos. Tengo veintisiete años. Y soy un hombre. Y el vicepresidente de esta empresa. La semana pasada fui a verla y me encargó que abriera una cuenta en Suiza para los hijos de ese tipo.

—Lo sé. Tengo todos los datos.

—Además de los nombres y dónde viven, ¿qué sabes de ellos?

—Poca cosa. Sé lo que pude indagar, y no es mucho. El hombre, Daniel, fue compañero de tu madre en el colegio de Santa Catalina, en Compostela. Como bien sabes, tu madre estudió allí hasta primero de BUP. En una excursión de fin de curso a Madrid conoció a tu padre y se casó con él. Después naciste tú. Tu abuela materna murió cuando tú tenías seis años. Después de su muerte, Val no volvió a Galicia. Hasta el día del asesinato. El 17 de mayo habían organizado una cena de veinticinco aniversario de la promoción de tu madre en el colegio. Ella confirmó su asistencia meses antes, lo cual, tratándose de tu madre, estarás conmigo que es ya extraño de por sí. Sabes que no se prodigaba mucho.

—Pues si fue sería porque tenía un motivo. Y ese hombre era el motivo.

Alonso abrió un cajón y sacó un sobre.

—Esto es todo lo que pude conseguir. Después del asesinato encargué una pequeña investigación sobre Daniel Leis. A qué se dedicaba, con quién andaba... Sus movimientos de los últimos meses. También pedí que averiguaran algo sobre su época adolescente, la época en la que se relacionaba con tu madre. Ahí está todo. No es mucho, pero es más de lo que ella te va a contar.

—¿Qué posibilidades tenemos en el juicio? —preguntó Roi.

—Tal como está actuando ella, ninguna. Habrá que intentar lo de la eximente de anomalía o alteración psíquica.

—¿Y la legítima defensa?

—Tendríamos que probar que él la atacó y que su agresión fue una respuesta proporcional.

—Si ella no colabora, no tenemos nada que hacer. ¿Habrá jurado popular?

—Creo que sí —dijo Alonso.

—Ahí tenemos una baza. Siempre fue buena manejando al público.

—No será el público de un reality, Roi. Serán ciudadanos deseando despellejar vivo a un famoso. No va a ser un espectáculo agradable, créeme.

—Es que, por más vueltas que le doy, no encuentro ninguna razón.

Alonso bajó la vista y Roi lo escrutó con la mirada.

—Tú sabes algo. ¿Está en esta documentación?

—¿De verdad crees que se puede saber algo seguro, tratándose de tu madre?

—Pero tendrás una opinión.

—La tengo. Pero no sé si querrás escucharla.

—Acabo de decirte que dejes de tratarme como a un niño. Soy un hombre. ¡A ver si os enteráis de una vez!

—Tu madre se casó con tu padre en julio de 1985. Tú naciste en enero de 1986.

—Se casó embarazada. Eso lo sabe todo el mundo. La vida de mi madre es de dominio público.

—Lo que no sabe todo el mundo es que conoció a tu padre en mayo, en una excursión que hizo a Madrid. Lo que no sabe todo el mundo es que era novia de Daniel desde 1984. La familia de él estaba radicalmente en contra de esta relación porque Val era de origen bastante humilde e hija de soltera. Y lo que no sabe todo el mundo es que Val y Daniel fueron con los grupos de orientación cristiana a los Ancares en abril.

Alonso le tendió los papeles por encima de la mesa. La cara de Roi reflejó al instante lo que estaba pensando.

—Sí, Roi. Creo que Daniel Leis era tu padre.

Furia fría

Centro penitenciario de Teixeiro, 15 de junio de 2013

Apenas hacía un mes que se habían reencontrado, pero Roque sintió que esta mujer no era la de la cena en el hostal de los Reyes Católicos, en el parador de Santiago. Parecía más menuda, más delgada, más frágil. Le recordó a la chica de quince años. Pero sabía que él no estaba allí para hablar con aquella Tina. Él necesitaba a Val Valdés.

—Buenos días, Tina.

Ella lo observó expectante. Le habían comunicado que un sacerdote había ido a verla y, sin preguntar el nombre, supo que era él.

—Hola, Roque; no te esperaba aquí.

Él se percató de que lo llamaba por el nombre de pila y lo tuteaba. No lo hacía en las clases del Santa Catalina ni tampoco lo había hecho el día de la cena.

—Necesitaba verte.

—¿Verme o juzgarme?

—¿Juzgarte? ¿Así es como me recuerdas? ¿Como un profesor capaz de juzgarte? Creo que siempre os demostré lo que valoraba vuestra libertad. Siempre quise hacer de vosotros seres inteligentes. Nunca te juzgué, Tina, ni siquiera cuando te vi en ese programa. Sabía que estabas ahí por alguna razón. Apenas había destellos de ti en la televisión, pero a veces, pocas, te reconocía. En tu ironía, en tu sarcasmo, en tu capacidad para ser crítica, para afrontar con frialdad situaciones tensas. Furia fría. Recuerdo cómo te gustaba usar esa expresión. Cómo guardabas toda tu ira cada vez que te enfadabas.

—¿Eso es lo que recuerdas de mí? ¿Mi frialdad?

—No. Recuerdo más cosas. Recuerdo que eras responsable. Generosa con los que te necesitaban. Que eras muy orgullosa y no te dejabas doblegar. Que eras inteligente, muy madura.

—Pues entonces ya recuerdas más que yo. Y ya que tienes tan buen recuerdo, ¿no te extraña que haya sido capaz de matar a un hombre?

—Tina, estoy seguro de que tú no...

—Sí, Roque. Lo hice. ¿No me vas a preguntar por qué?

—No. Te he dicho que no he venido aquí a juzgarte. ¿Quieres confesarte?

—¿Confesarme? Si no recuerdo mal, para eso hay que arrepentirse antes.

—Tina, sé cómo eras. Sé lo que te unía a Dani y soy capaz de adivinar lo que ha sucedido. Yo estaba allí, ¿recuerdas? Estoy seguro de que llegaste a pensar que no tenías otra opción.

—Puede. O puede que simplemente sea una mala persona. Pero eso da igual, porque estás aquí, y me imagino que quieres que hablemos del pasado.

—No. —La voz de Roque sonó tajante.

—¿No?

—Estoy aquí para hablar del futuro. Santa Catalina desaparece. El padre Ramón vendió el edificio a un grupo inmobiliario a cambio de una refinanciación de la deuda del colegio, un terreno en el Milladoiro y diez millones de euros. El curso que viene nos echarán. Y yo no puedo soportarlo, Tina. Santa Catalina es toda mi vida. Vosotros sois toda mi vida. La iglesia, las aulas, todo lo que da sentido a esta orden religiosa está entre esas paredes. Y tú puedes salvarlo.

Tina se quedó estupefacta. Así que era eso. Dinero. Observó ahora en el rostro del sacerdote el paso del tiempo. Ese tiempo que se diluía rápidamente para traer recuerdos. Clases de historia en el patio, en el banco de piedra. La excursión a los Ancares. Madrid. Dani. Mara. Las canchas de baloncesto. La misa de Navidad. El salón de actos. El padre Roque y su grupo de orientación cristiana. Huchas del Domund. La Tina que fue. La que abandonó Santiago de Compostela para irse con Matías. Todo sería demolido.

—¿Cuánto?

Roque levantó la mirada.

—¿Cómo dices? —preguntó con sorpresa.

—He dicho que cuánto necesitas.

—Veinte millones —dijo él, sin molestarse en adornar su discurso.

Valentina sonrió cansada. Recompuso el gesto. Alzó el rostro. Miró al cura a los ojos. Sabía que no diría una palabra. Tenía que calmarse. Recoger toda su furia. Esconderla. Se le ocurrían un montón de cosas que decirle, aunque todas se reducían a una.

Que por mucho que se esforzase, no era capaz de encontrar ninguna diferencia entre Dani y él.

Anatomía de una estrategia

ALONSO
Centro penitenciario de Teixeiro, 18 de febrero de 2014

—En mayo comenzará la fase de juicio oral. Sabes que no estaré presente como tu abogado, de eso se ocupará el bufete que contraté. Son los mejores. El derecho penal nunca ha sido mi especialidad, pero las estrategias de este juicio las vamos a diseñar aquí y ahora.

—No voy a diseñar nada. Maté a Dani. Me declararé culpable y punto. La vida de Val Valdés lleva siendo un espectáculo público catorce años. No voy a consentir que este juicio se prolongue innecesariamente. Mantente alejado, Alonso. Es una orden.

—Te he dicho que no hables de Val Valdés en tercera persona. Es enfermizo. —Alonso calló unos segundos—. Me da igual lo que pienses. Yo también tengo algo que decir sobre tu defensa. Te recuerdo que, desde el momento que me ordenaste hacer ese poder, me convertiste en tu cómplice.

—No, si dices la verdad.

—Pero no la diré.

—Si quieres mentir, hazlo, pero no descargues esa responsabilidad sobre mí.

—Cuando el juez te pregunte cómo te declaras, lo mirarás de frente con esos famosos ojos tuyos, que por una vez en tu puta vida van a servir para algo. No pestañearás. No tartamudearás. Alzarás la voz y dirás muy clarito: «Inocente». ¿Lo has entendido, Val? Inocente. ¿Te lo deletreo? I-N-O-C-E-N-T-E.

—Cállate —exigió ella—. ¿Te olvidas de que también he estudiado Derecho? Sé muy bien lo que tengo que hacer. A mí nadie me da órdenes.

—Ese es tu problema: que no obedeces. Que yo sepa, tus decisiones te han conducido a estar metida en esta cárcel.

—No voy a dejar que tomes decisiones por mí. Acabo de decir que quiero un juicio corto y así va a ser. Aceptaré la condena. Sabes que en pocos años estaré fuera. Lo tengo todo bien calculado.

—No lo dudo. —Alonso negó con la cabeza—. Joder, no me lo puedo creer. ¿Sabes qué?, tienes miedo. Es increíble. ¡A estas alturas de tu vida! ¿Miedo de qué? ¿De un jurado popular? ¿De lo que se pueda decir de ti? ¡Dios mío, Val! Echa la vista atrás. Fuiste la estrella de *Sobreviviendo*. El país entero conoce cada lunar de tu cuerpo.

—Eran otros tiempos. Cada pestañeo mío en esa sala del juzgado será viral en dos horas. En el año 2000 no había Facebook ni Twitter. No soy un animal de circo. No lo voy a ser más. No tengo ninguna necesidad.

—Te equivocas. Llevas catorce años construyendo una vida para Roi. Si sales de este juicio inocente, todo cobrará sentido. Así que dime que te declararás inocente y yo me encargaré de que ese jurado popular lo crea.

—No lo haré —insistió Valentina—. Maté a Dani. Y lo volvería a matar. Era un cabrón y un desgraciado.

—Y el padre de tu hijo.

Val lo miró furiosa.

—El padre de mi hijo es Matías Wagner.

—En los papeles. ¿Cuánto tiempo más crees que podrás mantener tu versión?

—Te digo que no lo haré.

—Lo harás, porque si no me meteré toda la coca de Madrid y alrededores hasta que funda hasta el último de los generosos sueldos que me has pagado en estos casi nueve años.

—¿Crees que me importa?

—No lo creo: lo sé. Bien, si no te convenzo así, tendré que hacerte entrar en razón. Lo sé todo, Valentina. Todo. Sé quién es el padre de Roi y no dudes de que lo haré público. ¿Quieres que pida una prueba de ADN? Lo haré.

—¿Cómo lo has sabido? —preguntó ella tras unos segundos de silencio.

—Soy el abogado del segundo grupo empresarial más importante de este país. No me subestimes. Debiste adivinar que no me engañarías. No a mí.

—Alguien ha tenido que decírtelo.

—O no. Te dije que no me subestimases. Ya ves que quedarte callada dentro de estas cuatro paredes no te asegura nada. Hablemos claro. Vas a seguir todas y cada una de mis instrucciones, ¿de acuerdo?

—Yo...

—¡¿Está claro?! —chilló él.

Lo atravesó con la mirada.

—De haber sabido que eras tan hijo de puta no te habría contratado.

—Sabías exactamente cómo era. Que lo hayas obviado durante nueve años no quiere decir que no lo supieras. Ahora repasemos la estrategia del juicio. Llamaremos a declarar a quien me dé la gana. Toda la gente de Santa Catalina. Tu mejor amiga, Mara. El cura.

—No quiero.

—No se trata ya de lo que quieras. Ya no decides. Harás todo lo que te ordene sin rechistar. Algún día comprenderás que hago todo esto por tu bien, así que cuando el juez te pregunte cómo te declaras, ¿qué dirás?

Val permaneció callada unos segundos. Después levantó la vista, lo miró a los ojos y pronunció con voz clara:

—Inocente.

Todo es mentira

ROI
Madrid, Nochebuena de 2013

La abuela Wagner había encargado un catering magnífico para celebrar la cena de Nochebuena. Roi observó la decoración navideña y confirmó que el salón podría ser portada de una revista del corazón. Las últimas navidades las había pasado en una cabaña en Suiza con su madre. Esquí, lectura y poco más.

Se aflojó el nudo de la corbata y comprobó por enésima vez que la cajita con el anillo estaba en el bolsillo. Miriam charlaba con Alonso. La abuela no había acogido de buena gana la invitación de Roi al empleado de su madre. Además de la Nochebuena, ese día se celebraría la pedida de mano de Miriam. La abuela había insistido en que Alonso no pintaba nada en una cena familiar e íntima. Pero Roi insistió, porque era la única forma de que una parte de Val estuviera allí también. Le sorprendió que él aceptase. Eran unas fechas muy señaladas.

La cena transcurrió entre risas, aunque Roi se limitó a beber mucho y hablar poco. De haberlo hecho, les habría preguntado cómo eran capaces de estar ahí sentados sin hacer una pequeña alusión a su madre. Nadie mencionó a Val. El asesinato. La cárcel.

Hablaron de la fecha de la boda, y Roi, intencionadamente, no concretó ninguna.

Miriam estaba exultante. Intercambiaron los regalos. Un anillo de diamantes de la abuela Emilia, que Roi había mandado adaptar para su prometida. Él recibió un reloj y una estilográfica.

—Quiero hacer un brindis por Miriam. —La abuela Wagner alzó su copa—: Esta increíble joven ha conseguido que mi nieto siente cabeza. Y por Roi, por demostrar tener un gusto excelente. Por los Solana Valbuena, una familia con la que es un placer emparentar. Pero sobre todo brindo por que nada empañe su felicidad futura y por que pronto tengamos algún chiquillo en esta mesa de Navidad.

Se sucedieron los brindis. Roi se sentía cada vez más incómodo. Se moría por salir de ese salón. De esa casa. Ir a un bar. Beber un whisky. Quizá pillar algo de coca. Sintió la mirada de Alonso fija en él, como si adivinase sus pensamientos. La esquivó y se sirvió otra copa mientras sus futuros suegros charlaban incansablemente. Las mismas palabras huecas. El mismo discurso previsible y programado.

«Esto es lo que cuesta la vida de mi hijo». Le parecía oír a su madre, justificándose a través de él. De repente todo era mentira. Su madre, su padre, esa casa, la abuela Wagner, Miriam, su infancia, su vida. Él mismo era una mentira. Observó su reflejo en los grandes ventanales del comedor. Buscó en vano el parecido con las fotografías de Daniel Leis del periódico. Tampoco necesitaba respuestas. Tenía todas las respuestas para las preguntas que nunca se había hecho. Deseó volver a ser un niño parado en un semáforo, imaginando vidas ajenas, para no tener que preocuparse de seguir viviendo la suya.

Ahora solo podía pensar en aguantar. Debía levantar la copa. Brindar por Miriam, tan ajena, tan entregada, tan enamorada del

Roi de mentira. Por su abuela, que se llenaba la boca de ese apellido Wagner que no le pertenecía. Por Alonso, el único hombre capaz de entender a Val, con la misma intensidad con que ella lo ignoraba. Por su madre, la mujer que llevaba toda una vida mintiendo.

—Quiero brindar por Miriam. Por decidirse a iniciar un camino a mi lado. Y quiero también brindar por mi madre. —Levantó la copa mientras observaba la mirada incómoda de su abuela y el visible nerviosismo de sus futuros suegros—: Por la mujer que fue capaz de casarse con un millonario, criar a un hijo, ganar un reality, levantar un imperio, matar a un hombre y no rendir cuentas a nadie de sus actos. ¡Por Val Valdés!

—¡Roi! —gritó la abuela Wagner, indignada.

—Tranquila, abuela. También brindaré por mi padre. Que en paz descanse.

Solo Alonso elevó su copa y acompañó el brindis mientras dirigía la vista al retrato situado encima de la chimenea y decía: «Por Matías».

Todos respondieron al unísono:

—Por Matías.

Mi amada Valentina

VAL
Madrid, 7 de mayo de 1999

Mi amada Valentina:

Te puedo ver leyendo esta carta. De pie, en el centro de nuestra habitación, con tu camisa azul y los vaqueros que llevabas hace apenas diez minutos cuando me he despedido de ti. No sabías que esto era una despedida, por supuesto. Si lo hubieras sabido, habrías entendido por qué me he levantado, te he abrazado y te he deseado que pasaras un buen día, y te he besado, no en la mejilla, sino en la boca. No puse fin a mi abrazo y vi la alarma en tus ojos, porque eres la mujer más inteligente que conozco. Sabías que ese no era el beso de todos los días. En los días normales, apenas despego la vista del periódico. Me besas tú a mí y yo me limito a desearte un buen día como si fuéramos dos extraños en un ascensor.

Divago, y ni tú ni yo somos personas que acostumbren hacerlo. Nuestro tiempo es valioso y nuestras ideas demasiado claras para perder el tiempo con divagaciones.

Ahora estás ahí, en el centro de nuestra habitación, con esta carta en las manos y apurando líneas, leyendo impaciente para buscar una explicación al hecho de que te deje sola. Es exactamente así. A partir de hoy estás completamente sola. Mi madre te va a odiar. Nuestros amigos también, porque ella te culpará directa e indirectamente por lo que voy a hacer. Pero sé que podrás con eso. Siempre puedes con todo.

Huntington.

Qué poco ocupa esta palabra en esta carta, pero te aseguro que lleva meses ocupando mi vida.

No pierdo un minuto en explicarte lo que es. Tienes manuales en nuestra extensa biblioteca que te dirán lo que yo no tengo ni tiempo ni fuerzas para explicar.

No soy un cobarde. No le temo a la enfermedad ni al dolor. No te absuelvo de un futuro postrada a la cabecera de la cama de un enfermo. No pienso en ahorrarle a mi madre el martirio de ver a su único hijo languidecer día a día.

Solo pienso en nuestro hijo.

Digo «nuestro» porque así lo siento. Porque toda nuestra vida juntos tiene su origen y su justificación en él. Te veo aún delante de aquel cuadro con los ojos hinchados de llorar, y Roi ya estaba allí, en tu vientre. Siempre serás la mujer del museo para mí. Mujer, sí, porque nunca has sido niña. Siempre has sido más adulta que yo. Siempre hemos sido tres. Siempre hemos estado unidos. Sueles decir que yo te salvé. ¡Estás tan equivocada! Tú me salvaste a mí, al hombre tímido, sensible, introvertido, volcado en sus negocios. Tú trajiste color a esta casa gris. Nunca te he dicho todo esto. He aceptado durante años tu amor y agradecimiento sin límites sin decirte que nada de lo que yo te haya dado, absolutamente nada, podrá compensar lo que tú hiciste por mí.

Esta carta está llena de frases hechas. La mujer inteligente que eres sabrá disculparlas. La mujer inteligente que eres entenderá las razones que me llevan a escribirla. Esas razones son las que hemos obviado durante años. Roi no tiene mis ojos, ni mi cabello, ni mi complexión. No es un Wagner, a pesar de su perfecto acento alemán, que mi madre se ha empeñado en perfeccionar. No hay nada en su ADN de mí. Tampoco hay rastro del Huntington. Eso es lo que se sabría en cuanto se descubriese mi enfermedad, que además de mortal, es hereditaria. Mi padre murió demasiado joven para que se desarrollase, pero estoy seguro de que mi madre no parará hasta descubrir si Roi es portador o no de ella.

Así que tienes que ser fuerte. Este es mi último acto de amor, y no es un acto de amor hacia ti. Es un acto de amor hacia nuestro hijo, y tú tienes que acompañarme, Valentina. Tienes que guardar silencio por él. Me temo que, aunque no quedarás desamparada, la mayor parte de nuestra fortuna está en manos de mi madre. Sé que ella velará por vosotros, así se lo pido en una carta que acabo de escribir. Roi lo heredará todo. No te enfades, te conozco lo suficiente para saber que en este momento estás a punto de estallar. Si me tuvieras delante, me reprocharías que nunca has estado conmigo por dinero. Lo sé, Valentina, no hace falta que me lo digas. Pero el dinero es importante, os hará más libres.

Mi amada Valentina. Así comienzo esta carta y así la termino. No cabe en ella todo mi amor, ni el agradecimiento, por estos casi quince años de amor, de camaradería, de pasión, de ternura, de belleza y de luz. Gracias por haberme hecho padre, esposo, amigo y amante. Gracias por llenar mi vida.

Te encomiendo a nuestro hijo. Te revelo mi secreto y te exijo el silencio que lo protegerá.

Mi amada Valentina, cuida de Roi como quisiera hacerlo yo, y acude a mi madre. Por encima de todo, recuerda que ambas amáis a nuestro hijo.

Mi amada Valentina. Sé feliz. Eres escandalosamente joven, hermosa e inteligente.

Mi amada Valentina, mi amada Valentina.

Veinticuatro horas

ALONSO
Madrid, hotel Ritz, Año Nuevo de 2010

Alonso entró en el vestíbulo del hotel y preguntó por la sala donde se celebraba la fiesta del Grupo LAV. En el bolsillo aún le palpitaba el móvil y el mensaje de Laia. «Feliz año nuevo. ¿Cuándo vuelves a Barcelona? Te echo de menos. *Lofllu*».

En los más de cuatro años que llevaba trabajando para LAV, apenas había tenido tiempo para plantearse volver a su tierra ni para pensar en Laia. Recordaba haber firmado el divorcio tras abandonar la clínica. Su madre le había contado que su exmujer tenía novio: otro abogado, había dicho. Otro abogado, otro hombre, otra vida. No podía culparla. Él mismo no soportaba al Alonso de antes, ese cabrón engreído que cerraba negocios raíces para alemanes en Mallorca y gastaba sus días en perder la noción del tiempo.

El Alonso de ahora era un tipo abstemio, sereno y reflexivo. Toda su dopamina se generaba en el piso 26 del rascacielos donde tenía su sede el Grupo LAV. En cinco años se había hecho con las riendas del grupo. Val había despedido a un par de directivos que la acompañaban en su aventura desde el principio y se había dejado aconsejar por él a la hora de potenciar su departamento comercial y de marketing.

Los demás jefes de departamento lo trataban con un temor casi reverencial. Sabían de su capacidad para influir en la toma de decisiones de Val. Alonso no los sacaba de su error. Es cierto que Val consultaba con él todos sus movimientos, pero la última palabra siempre era de ella. Val tenía una sólida base jurídica y una intuición increíble. Era fría a la hora de tomar decisiones y concienzuda y meticulosa a la hora de analizar los pros y contras. Nunca corría riesgos innecesarios; siempre actuaba respaldada de rigurosos informes de su equipo de analistas. No se dejaba embaucar por espejismos, y nunca, absolutamente nunca, improvisaba. Lo que más le gustaba a Alonso era su norma de las veinticuatro horas. Siempre que tomaba una decisión trascendente, se daba a sí misma veinticuatro horas para ratificarla.

La fiesta estaba en su apogeo. Más de doscientos empleados del grupo, escogidos de una selecta lista, acompañados por sus parejas. Alonso había dado un largo paseo sin ánimo para acercarse a la fiesta, aunque finalmente sus pasos lo habían conducido hasta el Ritz. No llevaba bien la vida social desde que se limitaba a brindar con agua con gas.

Val estaba en la barra pidiendo un whisky solo.

—No. —Alonso le quitó el vaso de las manos en cuanto llegó a su altura.

—Lo que me faltaba. Don Aburrido no me deja tomar una copa en fin de año.

—No, no te lo voy a permitir. —Alonso colocó el vaso en la barra y le indicó con un gesto al camarero que lo retirase.

—No te he contratado para que dirijas mi vida. Si quiero tomar una copa en la fiesta de mi empresa, lo haré.

—Si tomas esa copa, mañana a primera hora me vuelvo a Barcelona.

Ella lo miró estupefacta.

—¿Y qué hay en Barcelona? Allí no te queda nada.

—Allí tengo una exmujer que me echa de menos, o eso dice, y un montón de contactos en el mundo de los negocios que ya habrán olvidado la que monté hace cuatro años tras mi exitoso paso por el Grupo LAV.

—Vas de farol.

—No voy de farol. Estoy aquí para recordarte que, por muy famosa, rica y estupenda que seas, para mí siempre serás la tía que se metió un bote de Orfidal y medio de Motivan porque estaba hasta los huevos de su vida.

—No se puede ser más cabrón —le espetó ella.

Él la agarró del brazo. Val, como siempre, adivinó lo que estaba pensando. Vio en sus ojos una determinación que no había mostrado hasta entonces. Se preguntó qué clase de monstruo había creado a su sombra.

—Vale. Tú ganas —dijo ella al fin, y se giró hacia el camarero—. Una Coca-Cola.

Alonso divisó a Echeverri a las puertas del enorme salón. Sonaba «All I Want For Christmas Is You».

—¿Conforme? —preguntó ella, alzando la Coca-Cola.

—Por el momento sí —dijo Alonso antes de darse la vuelta y dejarla con la palabra en la boca.

Se dirigió a la salida. Echeverri iba hacia la barra y lo que menos le apetecía en ese instante era discutir con él. Teniendo en cuenta su ánimo, era capaz de partirle la cara por cualquier tontería.

Ya en la calle, palpó el móvil en el bolsillo y se sintió tentado de contestar al mensaje de Laia. Miró el reloj: las cuatro de la madrugada. Se daría veinticuatro horas para decidir qué hacía con su vida.

Nunca le había apetecido tanto tomarse una copa.

Fóllame

DANI
Louro, hostal Solymar, 12 de abril de 2013

Dani encendió un cigarrillo, a sabiendas de que no se podía fumar en la habitación. Se levantó y abrió la ventana. Tamara se estaba dando una ducha. Cogió el iPad y repasó la documentación.

Esta vez le había dicho a Nuria que estaba en Madrid. El maldito Departamento de Recursos Humanos. Nuria apenas le prestó atención. Daba igual. Casi no merecía la pena andar inventando historias para ella.

De pronto se le ocurrió que si eso salía como debía, iba a tener dinero de sobra para hacer lo que le apeteciera. Incluso desaparecer sin dar explicaciones. No era un mal plan. Estaba muy harto. Quizá Sudamérica sería una buena opción.

Tamara salió de la ducha con una toalla blanca en la cabeza a modo de turbante y otra alrededor del cuerpo. Se sentó en la cama y cogió el esmalte de uñas. Dani se le acercó por detrás y la abrazó.

—Mierda, ¡para quieto! ¡No ves que voy a pintarme las uñas! Enciende la tele.

—Deja eso. Tenemos que hablar. Necesito que me hagas un favor.

El móvil de Tamara comenzó a sonar. Era su madre. Le dijo que estaba de cena con unas amigas y que dormiría en casa de una de ellas.

—¿No estás muy crecidita ya para andar mintiendo?

—Si viviera contigo, no tendría que dar excusas.

—De eso precisamente se trata: de conseguir estar juntos. Ven aquí, nena, tengo que enseñarte algo.

Abrió la carpeta de imágenes y le mostró varias fotografías. La mayoría eran de grupo, de cinco o seis personas. En una de ellas, dos jóvenes de la mano posaban delante de una palloza.

—¿Eres tú? ¡Joder! Sí que eres tú. —Se rio—. Pero ¡qué joven! ¿Cuántos años tenías?

—Casi quince. ¿Conoces a la chica?

—¿Nuria?

—Val Valdés.

Tamara le arrancó el iPad de las manos.

—¡Estás de broma! ¿Val Valdés? ¿Conoces a Val Valdés? ¡Me encanta! ¡Dios, tiene un estilazo! Mira que yo era bien pequeña cuando se estrenó la primera edición de *Sobreviviendo*, pero... ¿Es ella? ¿En serio? La imagen es malísima.

—La escaneé ayer. ¡Y no sabes lo que me costó conseguir esta foto! Hasta me tuve que ofrecer voluntario para organizar la cena del veinticinco aniversario de mi promoción de Santa Catalina, que será dentro de unas semanas. Es ella. Te lo aseguro.

—¿Erais compañeros? —Tamara lo preguntó impresionada.

—Éramos novios. Esta foto está tomada en los Ancares, en abril de 1985. Ahora atiende. La semana que viene vas a faltar a la tienda. Le puedes decir a tu jefa que estás enferma. Te he sacado un billete de avión a Madrid. La vuelta no la he cerrado. Vas a imprimir este archivo que te he mandado por correo. Ahí tienes las fotos, la partida de nacimiento de su hijo y una carta mía.

Contraté a un detective para conseguir esta partida de nacimiento, y me cobró una pasta. Imagino que no la consiguió con métodos muy legales, pero ahora que la tenemos te vas a plantar en las oficinas de Grupo LAV y no te vas a mover de allí hasta que consigas darle todo esto. Luego vuelves.

—¿De qué va esto?

—De que el hijo de Val nació exactamente nueve meses después de esta fotografía y en ese momento ella aún no conocía a Matías Wagner. Y quiero que seas tú la que se encargue de decirle a Val Valdés cuál es el precio de esa información. Esto es tan solo la prueba que necesitabas para que te enteres de que voy en serio contigo, nena.

—¿Y cuál es ese precio? —dijo Tamara, dejando caer la toalla que cubría su cuerpo.

—Seis millones de euros. Lo suficiente para coger un avión al Caribe y huir. Escapar. ¿No era eso lo que querías?

Tamara se desprendió también de la toalla que le envolvía la melena aún húmeda. Se aproximó a él. Le mordió una oreja, con tanta fuerza que sintió el sabor de su sangre.

—Fóllame —le murmuró al oído—. Fóllame como la follabas a ella.

Dani se abalanzó sobre ella, invadido de una excitación desconocida. «Fóllame». Se sentía volar por una autopista a ciento ochenta. «Fóllame como a esa puta». Dani entró en ella sin separar la vista del iPad. ¡Fóllame!, gritaba Tamara, cada vez más fuerte.

Solo cuando cayó exhausto sobre ella consiguió apartar los ojos de la imagen de Tina que le sonreía desde la mesilla de noche.

Un libro, un café, una vida

VAL
Santiago de Compostela, 7 de junio de 1985

Tina salió la última de clase y aún esperó diez minutos dentro del baño para dar tiempo a sus compañeros a abandonar las instalaciones del colegio. No quería encontrarse con Dani. Faltaban apenas diez días para terminar el curso y se le estaban haciendo eternos.

A la salida giró a la izquierda; iría a casa dando un rodeo, así evitaría también a Mara y al resto de la pandilla. No se percató de la presencia del hombre en la acera de enfrente, que al instante cruzó la calle y se situó a su derecha.

—¿Tina?

Sorprendida, Tina levantó la vista del suelo empedrado. Lo reconoció al instante. Esta vez llevaba un traje azul marino. Al instante le invadió la misma sensación de seguridad que había sentido en el museo y supo que había hecho bien en confiar en su intuición.

—¡Matías! ¿Qué haces aquí?

—¿Te crees que iba a venir a Santiago por trabajo y dejar pasar la oportunidad de saludarte? —contestó él con una gran sonrisa—. Es lo menos que puedo hacer después de tu amable carta. Además, he aprovechado para traerte una cosa.

Extendió un paquete que Tina cogió sin titubear. Lo abrió apresurada: era un libro con las principales obras catalogadas en el museo del Prado.

Tina nunca supo qué le había impulsado a escribirle. Una carta larguísima en la que le contó muchísimas cosas: que era cierto que en Madrid se había escapado de sus profesores. Que esa conversación en el museo la había tranquilizado. Que en efecto estaba muy angustiada y que no podía contarle por qué, pero que quería darle las gracias por su atención. También le dijo que si iba a Compostela, le gustaría enseñarle su ciudad. Le habló de sus calles, de su vida, de su colegio, detalles aparentemente casuales pero que le permitirían encontrarla si él así lo quería.

Calló muchas otras cosas: que le escribía desde la desesperación, que había leído en el periódico que iría a Compostela al cabo de dos semanas, que necesitaba ayuda de un adulto que no la juzgase, que esa carta era una invitación para que la buscara.

—No es nuevo —aclaró él, sacando a Tina de sus pensamientos—. Estaba en mi biblioteca. Es un buen volumen con unas reproducciones fantásticas. Imaginé que te gustaría.

Tina sonrió. Sabía que tenía que darle las gracias, pero le asaltó una súbita timidez, totalmente impropia de ella. Ahora que estaba allí se daba cuenta de que no sabía cómo actuar. Tras buscar información sobre Wagner Corporation, se le ocurrió pedirle ayuda. Un trabajo, una beca, un plan de huida, una salida. Era una idea disparatada, solo tenía quince años y no podía ofrecerle nada sin que su madre lo autorizase, pero la desesperación no entiende de lógica. Esa carta era un brindis al sol, y ahora que tenía al empresario delante se dio cuenta de dos cosas: que la conexión que había sentido era real, y que ni siquiera todo el dinero del mundo sería capaz de ayudarla.

—¿Tomamos algo? —dijo ella, imaginando que eso sería lo propio en una persona adulta.

—Claro —contestó él.

Se dirigieron a un pequeño café de la rúa Nova. A esas horas estaba casi vacío. Tina le contó que vivía en un piso en el Ensanche, con su madre. Que vivían solas. Que ella era la cocinera de Santa Catalina. Que estudiaba becada. Matías la escuchaba con atención. Ella pensó que no era habitual que los adultos se parasen a escuchar a la gente de su edad. Lo que tampoco era normal era que se sintiese más a gusto con un desconocido que triplicaba su edad que con Dani o sus amigas.

Él le habló de Büren, el lugar donde había nacido y del que apenas conservaba recuerdos. De Wagner Corporation. De su trabajo, ese que le hacía viajar por todo el mundo, aunque estaba seguro de que ella no entendería nada. Tina insistió y él le habló de sus fábricas de acero, de los procesos de producción y del diseño de las plantas de fundición. Ella le habló de sus ganas de estudiar Derecho, Bellas Artes o Periodismo. Luego hablaron de sus libros favoritos, de cine y de televisión. Ambos comentaron lo que les gustaba la sensación de pararse delante de un cuadro. Y de lo que les costaba hablar con desconocidos. O simplemente hablar. Así que coincidieron en que no entendían muy bien qué estaban haciendo allí. Y rieron de nuevo. Insistieron también en lo que les costaba reír. Y por eso Matías demoró la pregunta y continuó hablando de Madrid, de sus viajes, de otros museos.

Solo tras dos horas de conversación y ya a punto de levantarse para irse, se atrevió él a preguntarle por la razón que le había impulsado a escribir esa carta, si tenía algún problema. Ella guardó silencio, así que él insistió y le preguntó si había algo que pudiera hacer por ella.

Ella contestó que la respuesta a la primera pregunta era un sí y que la respuesta a la segunda era un no.

Se equivocaba.

Un Wagner

ROI
Madrid, 2 de marzo de 2014

La casa de la familia Wagner era una construcción modernista de 1916, situada cerca de la plaza de Antón Alonso. Emilia se había enamorado de ella nada más verla, y decidió que era allí donde quería criar a su hijo cuando llegaron a Madrid en los años cuarenta, huyendo de una Alemania en guerra y hostil. Roi también adoraba esa casa. De hecho, ya era suya en parte.

Decidió esperarla en la sala. Le pidió un café a Encarna y repasó mentalmente lo que le iba a decir. Llevaba años escapando de ese fuego cruzado entre las dos mujeres más importantes de su vida: Emilia y Val. Él siempre había sido el terreno neutral en esa guerra que ya duraba casi treinta años, pero ahora tenía que encargarse de iniciar una maniobra de aproximación entre ambas. No sería fácil. Había muchas heridas abiertas.

Emilia Wagner entró en la estancia sin hacer ruido.

Roi se acercó a ella y la besó. La abuela le regaló una caricia en el rostro.

—¿Cómo te encuentras? —le preguntó, cariñosa.

—Bastante bien, dentro de lo que cabe.

—¿Y Miriam?

—De momento, ahí seguimos. Desde lo del compromiso ella está más contenta. Y yo..., en fin, yo no sé. Es una buena chica, abuela. Más de lo que yo merezco.

—Nunca digas eso. ¡Eres un Wagner!

—Abuela, no sé cómo empezar. Necesito tu ayuda.

Emilia alargó la mano y le colocó el dedo índice en los labios, haciéndolo callar.

—Hace trece años que tu madre se sentó en esa misma butaca en la que estás tú sentado ahora e hizo algo que nunca pensé que haría: renunció a ti. Me entregó aquello que yo más deseaba: tu cuidado. Valentina hizo eso por mí y, mal que me pese, tengo una deuda con ella. Tú estás aquí para pedirme que la ayude. No pongas esa cara, desde que eres un niño puedo leer en ti como en un libro abierto. Quédate tranquilo, Roi. Aunque no tuviera nada pendiente con tu madre, lo haría. Lo haría, porque no me queda nada de vida. Y no voy a perder el tiempo en preocuparme por el pasado y por Valentina. Debo procurar tu felicidad. Y para eso tendré que conseguir que tu madre sea declarada inocente. Así que sí, Roi, te ayudaré.

Roi se abalanzó sobre ella y le dio un abrazo.

—Gracias, abuela.

—¡Quítate de encima, idiota! Que yo decida ayudarte no quiere decir que consigamos enderezar un juicio que se prevé de todo menos fácil. Tu madre declaró que había matado a ese hombre, y será muy complicado darle la vuelta a eso. Lo primero será poner en entredicho la instrucción. Tengo algunos contactos en Interior. Wagner Corporation ha mantenido algunos negocios en esa área. Tendremos que llamar a Alejandro Echeverri. Sé que aún está loco por tu madre, debería haberse casado con él. Ese hombre conoce a todo el mundo: políticos, jueces, fiscales, empresarios... Pero sobre todo tienes que hacer algo por mí.

—Tú mandas.

—Tienes que localizar a la amante del muerto. Alonso te ayudará. Tengo una idea muy clara de cómo podemos utilizarla. Es necesario que el jurado descubra el tipo de hombre que era ese Daniel Leis. Que tengan claro que no era una buena persona.

Roi bajó la mirada.

—Que fuera un desgraciado no te afecta —se apresuró a asegurar su abuela—. Puede que dejara preñada a tu madre, pero ese hombre no era tu padre.

Roi alzó la cabeza, sorprendido.

—¿Desde cuándo sabes...?

—¿Desde cuándo lo sé? Desde hace veintiocho años. Desde que Valentina entró por esa puerta. Desde que te cogí en mi regazo por primera vez. Desde que tus ojos oscuros me confirmaron que no eras hijo de Matías. Lo sé de siempre, Roi. Pero eres mi nieto. Eres mío. Un Wagner, ¿me oyes? Eres un Wagner. Quiero oír cómo lo dices. Repítelo —ordenó la anciana.

—Soy un Wagner.

Emilia lo cogió de la mano.

—Así es y así será. Y te puedo asegurar que juntos conseguiremos que nadie lo dude nunca.

Manuela

Santiago de Compostela, 9 de mayo de 1986

Observó los ojos del bebé. Siempre comía con los ojos abiertos. El biberón apenas le duraba unos minutos, se aferraba a la tetina con ansia voraz. Emilia había insistido en que lo amamantase; la primera de las múltiples discusiones alrededor de Roi en las que no habían logrado alcanzar un acuerdo. Valentina no había cedido. Amamantar al niño suponía perder el curso y con ello una parte importante de su libertad. Quería a ese niño, y tenía muy claro que ese amor no pasaba por estar unida a él día y noche. No compartía esa idea de que el amor era sobre todo renuncia a la propia individualidad, aunque, en su fuero interno, reconocía que una parte de su obstinación tenía mucho que ver con esa guerra de poder velada y sin tregua que se había instalado en la casa de los Wagner.

El otro gran foco de la discusión había sido precisamente el viaje a Santiago de Compostela. Valentina se moría de ganas de que su madre conociera a su nieto, y Emilia no veía bien que el bebé viajase con apenas cinco meses. Haciendo caso omiso de su suegra, convenció a su marido para emprender ese viaje. Había llegado con Roi hacía tres días, tras despedirse de Matías en el aeropuerto y prometerle que la estancia no se prolongaría más de una semana.

Su madre les había cedido su propia habitación; en la de Valentina no cabía la cuna de viaje. Una simple ojeada a la estancia ponía en evidencia todas y cada una de las razones por las que Emilia no quería que su nieto visitase a su otra abuela.

En cuanto el niño acabó el biberón, lo cambió y lo acomodó en la cuna. El murmullo de las voces que procedían de la cocina la sobresaltó. Entreabrió la puerta con sigilo y se extrañó al ver a Emilia Wagner sentada en una silla frente a su madre, de espaldas a ella. Emilia jugaba fuerte. Se plantaba en su casa sabiendo que ella estaba allí. Era una provocación. Nunca habría hecho eso si Matías la hubiese acompañado. No iba a darle el gusto de irrumpir en esa cocina.

Manuela González no llegaba a los cuarenta años, y aunque podría haber sido hija de su consuegra, esa diferencia de edad no era tan patente como debiera. Valentina reparó al instante en sus manos ajadas, en lo raído de su delantal, en lo grotesco que resultaba ver la bolsa de té flotando en un pocillo de café, el de los domingos. Seguramente su madre había insistido en que pasaran a la salita y Emilia le había rogado permanecer en esa cocina. Val se fijó en que la azucarera estaba desconchada. Su mente voló al juego de té inglés de su casa de Madrid.

Se vio incapaz de abrir la puerta y entrar.

Escuchó la voz de su suegra, amortiguada por el sonido de la lavadora. Su discurso, deslavazado, le llegaba de forma implacable e intermitente. No se esforzó en oír. El futuro de Roi. Madrid. Los Wagner. Posición social. Sentido del deber. Tradición. Convencional. Matrimonio escandaloso. Comprensión. Bien común. Educación. Familia. Responsabilidad. Dinero.

Valentina no veía el rostro de su suegra, pero sabía lo que vendría a continuación. Un cheque, un apretón de manos. Sabía también que ese dinero le daría a su madre la tranquilidad que llevaba toda su vida buscando, desde que llegara a esa ciudad sola para servir en la casa a la que había ido a dar recomendada por el cura de su pueblo. Una historia común que acabó como acaban todas las historias comunes.

Dinero Wagner para comprar al niño Wagner.

«Di que no, mamá», rogó en silencio.

No, no retaría a Emilia: no iba a luchar en esa batalla porque en ese momento comprendió que Emilia acababa de vencerla a ella también. En su fuero interno sabía que eso era bueno para Roi. Odió a Emilia por hacerla sentir pequeña, por mostrarle lo inferior que era, por sentir que tenía razón, por convertirla en una desertora de su propia vida, por hacerle juzgar a su madre, por avergonzarse de su pasado. Odió sentir que Emilia tenía razón. Odió en lo que se estaba convirtiendo. Así que se dio la vuelta y regresó a la habitación.

Cuando volvió a la cocina, su madre ya estaba sola. Aguardó a que le hablase de la visita de Emilia. El silencio se apoderó de la estancia. Buscó su mirada, y Manuela la rehuyó y se puso a sacar la ropa de la lavadora. Valentina se preparó un café y, mientras veía cómo el humo salía de la taza, le dijo que nunca más volvería a Galicia.

Si tenía que ser así, que al menos fuera decisión suya. O que lo pareciese.

Veinticinco años después

ROQUE
Santiago de Compostela, 17 de mayo de 2013

Empezaron a llegar alrededor de las ocho. Ya refrescaba, aunque había hecho muy buen día. Estaban en el patio del hostal de los Reyes Católicos y comenzaban a servir el aperitivo.

Roque cogió una copa de vino blanco y deambuló por el patio saludando a unos y a otros. Muchos de ellos llevaban a sus hijos a Santa Catalina. En la mayoría podía distinguir los rostros de los chavales que habían sido sus alumnos.

Pasados veinticinco años desde que habían finalizado el COU, Roque se percató de lo joven que era cuando entró a dar su primera clase, aquel septiembre de 1984. Ahora casi podía mezclarse entre ellos sin que se apreciara la diferencia. A sus cincuenta y cinco años, se mantenía en forma. Corría todos los días por la alameda, lloviera o no. Y aunque su pelo rubio se había aclarado algo, seguía manteniendo en sus ojos negros la misma ilusión del día que se ordenó sacerdote. Cuando le preguntaban si siempre había querido ser cura, él contestaba que lo que él siempre quiso fue ser maestro. Cada uno de los hombres y mujeres que lo rodeaba en ese patio daba sentido a su existencia.

La buscó con la mirada, sin encontrarla. Sabía que tenía que hablar con ella y contarle lo de Santa Catalina. Repasaba para sí la conversación que tendría con Tina. Veinte millones. Solo veinte millones y Santa Catalina y cada una de sus piedras seguirían en pie, al servicio de las futuras generaciones de niños compostelanos. Había ensayado su discurso. Comenzaría recordándole lo que la institución había hecho por ella: nueve años de formación gratuita en el colegio más caro y prestigioso de Compostela. Un acto de caridad con la hija de una trabajadora. Pensó en decirle que para él ese colegio era su vida, aunque sabía que eso no sería necesario. Todos los alumnos que estaban en ese patio lo tenían claro. Pensaba ofrecerle la gestión del colegio. Incluso había pensado cómo hacerlo: a través de la fundación del Grupo LAV. Ponerle su nombre, reservar un número importante de plazas para niños necesitados y convertirlo en el mejor colegio de España. De Europa. Del mundo. Hacer un internado. Lo que ella quisiera. Veinte millones. «Necesito veinte millones, Tina». Resultaba tan sencillo decirlo, así, en su cabeza... Tomó aire. No. No sería fácil. Pero lo haría. Porque Dios le estaba poniendo en el camino a una de las mujeres más ricas del país, y tenía que aprovechar la oportunidad. Apuró la copa.

De pronto, las miradas de todos se dirigieron hacia puerta. Había llegado. Vestía unos vaqueros y una americana azul sobre una sencilla blusa de seda blanca. Llevaba el cabello recogido.

Mara se acercó a ella y las dos se fundieron en un abrazo. Era su mejor amiga en el colegio.

—Hay cosas que no cambian con los años, ¿verdad, padre? Siempre le gustó ser el centro de atención.

El que hablaba a su lado era Dani Leis. Roque lo miró con curiosidad. A lo largo de la semana se había preguntado si ese encuentro se iba a producir. Dani y Tina. Qué lejos quedaban ya.

—Yo creo que no es que le gustara —replicó el padre Roque—. Simplemente era inevitable. Siempre fue distinta. No te lo tengo que explicar a ti. ¿Qué tal, Dani? ¿Cómo te va?

—Ya lo ve, padre. Aquí estamos. Creo que nos encontramos exactamente en el mismo punto donde nos encontrábamos hace casi treinta años —dijo, sin despegar la vista de Tina—, y, sin embargo, ninguno de nosotros es ya el mismo. Increíble, ¿no?

Roque lo miró de frente. Él no era el único que tendría que arreglar algún asunto con Tina esa noche. Se alejó de Dani y caminó hacia Tina. Al llegar a su lado extendió su mano, a modo de saludo.

—Nuestra Tina González, convertida en la superviviente Val Valdés. Nada más y nada menos.

Tina le estrechó la mano brevemente.

—Cada uno se convierte en aquello que siempre deseó, padre Roque. Espero que se le hayan cumplido a usted sus deseos.

Roque se sumergió en su mirada verde agua.

—No, Tina. No se han cumplido.

—Entonces, ya somos dos —le dijo ella, dejándolo con la palabra en la boca para dirigirse directamente al lugar donde se encontraba Dani Leis.

Tres en raya

ALONSO
Madrid, 10 de marzo de 2014

Como abogado de Val, Alonso gestionaba los asuntos de la viuda de Matías en Wagner Corporation, y hasta la fecha siempre que se había encontrado con Emilia se habían mirado con esa desconfianza propia de quien reconoce sin dificultad a sus enemigos naturales. Por eso le había sorprendido tanto que la anciana lo llamase a su casa. Pero aún le sorprendió más encontrarse allí con Alejandro Echeverri.

—Buenas tardes —dijo Emilia.

Alonso no se molestó en responder. Contestó con un leve cabeceo y tomó asiento. A él lo conocía poco. A veces se pasaba por la oficina a recoger a Val, y Echeverri ya se había encargado de hacerle saber que eran amantes en una única, breve y desagradable conversación que había tenido lugar hacía algunos años, en la que Alejandro había marcado su territorio como un animal en celo.

—Usted dirá, doña Emilia —dijo Alonso, excluyendo con toda la intención a Alejandro.

—Seré breve. Necesito saber cuál es la estrategia para el juicio de mi nuera. El nombre de mi familia será puesto en entredicho en ese juicio, y no dejaré que nadie cuestione a mi nieto o a mi difunto hijo.

—Val se declarará inocente. Ya me he encargado de eso. He contratado a un bufete especialista en derecho penal. Los mejores. Tenemos que intentar que el jurado se crea que estaba perturbada hasta límites extremos.

—Lo estaba —intervino Echeverri—, esa misma semana estuvimos juntos y me confirmó que iría a Galicia y que era posible que no volviese. Me pidió ayuda para cuidar de Roi. Incluso me dijo que se le iban a cerrar muchas puertas.

—Eso solo prueba que hubo premeditación. No lo repitas bajo ningún concepto fuera de esta casa —dijo Alonso.

—No soy ningún idiota. No consentiré que me digas lo que tengo o no tengo que decir. No eres más que un empleado de Val —replicó Alejandro, elevando la voz.

—Soy el jefe de su gabinete jurídico y el encargado de velar por su defensa. Y como bien has dicho, solo trabajo para Val. Así que no tienes que consentir o dejar de consentir nada.

—Parad de recriminaros mutuamente —los cortó Emilia—. No me queda mucho tiempo y no lo voy a perder viendo cómo os peleáis como colegiales por Valentina. Os he llamado a ambos porque mi nieto me ha pedido ayuda. Todos tenemos claro lo que ha sucedido. En ese juicio se cuestionará que Roi sea hijo de Matías. Vuestro objetivo es que Val Valdés sea absuelta. El mío, que nadie dude de que Roi es un Wagner. Y ambos objetivos deben confluir en una estrategia común. Alejandro, necesito de ti que manejes a los medios. Coordínate con Alonso. Él decidirá qué se filtra a la prensa y qué no.

—Creo que yo... —empezó Alejandro.

—Alonso lo decidirá —lo interrumpió la anciana—. No te ofendas. Este hombre ha convertido a mi nuera en una mujer respetable a los ojos de todo el país. Tengo mucha fe en su capacidad para enderezar este juicio.

Alonso observó a Emilia y dijo al fin:

—El peor enemigo de Val es ella misma.

—Entonces ya tengo algo en común con ella. No voy a sentir ni un ápice de piedad por la mujer que acabó con la vida de mi hijo. Pero aquí están en juego muchas cosas. Desde nuestro apellido hasta la estabilidad de nuestra empresa. Echeverri, necesito tus contactos en la policía y en los juzgados. Tiene que haber puntos débiles en esa instrucción. Siempre los hay. Este es un país de indolentes tan solo preocupados por ocultar que lo son.

—Hablaré con el ministro.

—Y algo más. Necesitamos un testimonio. Alguien que vaya a ese juicio para contar aquello que decidamos y que sea tan convincente que ni la acusación ni el jurado puedan dudar de él.

—Puedo hablar con el cura —intervino Alonso—. Necesita dinero. Ha perdido el colegio viejo y al nuevo le está costando remontar. Pero debemos ser cuidadosos. Un falso testimonio no es ninguna tontería, y Val es una implacable mujer de negocios. No será fácil encontrar a alguien que esté dispuesto a jugársela para hablar bien de ella.

Emilia sonrió levemente.

—Entonces habrá que buscar a alguien que hable mal. Muy mal.

Sit tibi terra levis

VAL
Santiago de Compostela, 5 de noviembre de 1992

Valentina se aferró al brazo de Matías y buscó la manita de Roi, que miraba a su alrededor con curiosidad, sin alcanzar a comprender dónde estaba. La iglesia se hallaba casi vacía, Manuela González nunca había hecho amigas; toda su vida había estado centrada en el trabajo, ese trabajo que había abandonado hacía seis años, tras el viaje de Emilia a Santiago.

Nunca había hablado con ella de lo ocurrido. En ocasiones, el silencio es la única opción posible. Un par de veces al año, su madre viajaba a Madrid, se hospedaba en un hotel y Valentina le llevaba a Roi. El niño siempre se mostraba incómodo con ella, a pesar de que ella siempre le llevaba algún regalo. La llamaba Manuela. Esa había sido otra exigencia de Emilia: Roi solo tenía una abuela.

Fue una vecina quien la encontró desvanecida en la finca de la casa de Brión a la que se había mudado hacía un par de años. Le dijeron que había sido un ictus fulminante. No sufrió, le aseguró el médico. Qué sabría él del sufrimiento, pensó Valentina. Qué sabría él de llegar a una ciudad desde una aldea de Ourense siendo apenas una niña, de sentir miedo porque presientes que esa ciudad puede devorarte, de servir en una casa, de ser invisible a los ojos de los demás, hasta que otros ojos se fijan en ti. Qué sabría él de sentirse despreciada por esos mismos ojos, por ser solo una sirvienta. De que te echen a la calle. De dar a luz sola. De no poder darle a tu hija lo que siempre quisiste darle. De esa conciencia íntima de que tu hija se avergüenza de ti, a pesar de los esfuerzos de ella por ocultarlo. De que te ofrezcan dinero por no ver a tu nieto. De aceptarlo. Qué sabría ese hombre del sufrimiento.

Qué sabía nadie. Ni siquiera ese sacerdote que repetía las mismas palabras de todos los entierros. Misericordia. Descanso eterno. Vida eterna. Perdón. Le llovieron los recuerdos de las misas en Santa Catalina. Rezar siempre le había parecido una reconfortante pérdida de tiempo. No creía en Dios, pero entendía el sosiego que proporcionaba la fe. Ojalá ella la tuviera. Su madre tampoco era muy creyente, pero siempre había estado agradecida al padre Ramón por haberla empleado. Valentina nunca le había preguntado a su madre por su padre biológico, aunque intuía que la familia de él había mediado para que consiguiera ese trabajo: así funcionaba la caridad cristiana entre los que podían permitirse el lujo de practicarla.

Mientras observaba el ataúd, Valentina pensó en todas las cosas que nunca le había dicho a su madre. Que de ella había aprendido a no quejarse, a apretar los dientes y a conformarse. Nunca le dijo que estaba orgullosa de ella. Quizá porque nunca lo estuvo, pero esa iglesia vacía le proporcionó la dimensión exacta de su sacrificio: su madre solo había vivido para ella y había renunciado a su única hija. Hasta ese preciso instante no había entendido cuánto amor hacia ella y hacia su nieto había en esa renuncia. Nunca se había parado a pensar en ello. Una nunca ve cómo es una madre, ni siquiera la intuye, solo la siente. Una nunca piensa que las historias se repiten. Se recordó a sí misma sola y embarazada con apenas quince años. Se preguntó si llegado el momento podría renunciar a su hijo.

Sabía que no.

«Podéis ir en paz», dijo el sacerdote.

Valentina comprendió en el acto que no sería buena idea que su hijo fuera al cementerio. Le pidió a Matías que se llevara al niño a Santiago. Ella sola acompañaría a su madre.

Apenas un par de lugareños y la vecina que la encontró asistieron a la breve ceremonia frente al nicho. Valentina había encargado una lápida, que no estaría lista hasta al cabo de dos días. En ella tan solo alcanzó a poner el nombre de Manuela González y un epitafio en latín. Pensó en poner una frase que fuera de su gusto, pero se dio cuenta de que no sabía nada acerca de su madre. Nunca habían hablado de la muerte. Nunca habían hablado de nada.

Salió del cementerio casi corriendo, sin despedirse de nadie. Cogió un taxi y se dirigió al centro de la ciudad. Matías había llevado a su hijo a dar un paseo por la zona vieja de Santiago. Los localizó a la entrada de esta, en Porta Faxeira. Matías estaba pagando un cucurucho de castañas asadas.

—Mamá, mira qué me ha comprado papá.

Les sonrió a ambos. Se acercó a ellos y cogió a Roi en brazos.

—¿Te cuento un secreto? A la abuelita le encantaban las castañas.

—Pues nunca la he visto comerlas.

Valentina supo que el niño estaba hablando de Emilia.

—Eso es porque...

No fue capaz de acabar la frase. Lo reconoció al instante. Estaba de perfil. Lo reconocería en cualquier parte.

Siete años. El pasado le cayó encima como una losa. Había sido una estúpida. Apretó al niño con fuerza contra su pecho.

Nunca debería haber vuelto; exponer a Roi así. Estúpida, se repitió. Se giró bruscamente, dándole la espalda.

—Nos vamos —acertó a decir con voz temblorosa—. No me encuentro muy bien.

Matías asintió comprensivo. Se encaminaron a la parada de taxis.

Había cometido un tremendo error.

No volvería a suceder.

Todo esto te daré

ROQUE
Milladoiro, 17 de marzo de 2014

Roque se llevó el silbato a los labios y pitó el final del partido. Los de segundo de la ESO levantaron los brazos, celebrando su victoria. Los de tercero se sentaron en el suelo del campo de baloncesto, agotados física y moralmente.

—Daos la mano —dijo Roque—. Recordad que es más importante saber perder que ganar.

Un chaval se dirigió al capitán de segundo y lo felicitó.

El pabellón polideportivo aún olía a nuevo. Cansado de esperar una ayuda de Tina que nunca llegó, no le había quedado más remedio que acostumbrarse al nuevo colegio. A pesar de su resistencia, Roque tenía que reconocer que las instalaciones del nuevo Santa Catalina eran inmejorables: piscina cubierta, pista olímpica de atletismo, auditorio... Pero, aunque los padres estaban satisfechos y los niños también, a Roque le costaba encontrar a Dios en esa iglesia de frío hormigón gris y cristal reflectante. Apenas había entrado en ella desde que había oficiado la misa de inauguración el 1 de septiembre.

Mientras caminaba hacia la salida observó al hombre que permanecía inmóvil en la puerta del pabellón.

—Buenas tardes —saludó el sacerdote al llegar a su altura.

—Buenas. En la conserjería me dijeron que lo encontraría aquí. ¿Es usted Roque Sanmartín Bahamonde?

Le extrañó que se dirigiera a él por su nombre completo.

—Soy yo. ¿Ha sucedido algo?

—Tengo que entregarle una cosa.

—¿Es usted policía?, ¿abogado?

—Debo de llevarlo escrito en la frente. En efecto, soy abogado. El abogado de Val Valdés. ¿Podríamos ir a su despacho?

Roque asintió, visiblemente sorprendido.

—¿Es usted el abogado que la defenderá en el juicio?

—No, padre Sanmartín. ¿Es así como tengo que llamarlo?

—Padre Roque está bien.

—Le decía que no. No soy su abogado en el juicio. Soy el jefe del gabinete jurídico del Grupo LAV.

Entraron en el despacho. Era un espacio diáfano y austero. Tan solo una mesa grande de trabajo con un portátil y un estante con libros. Un pequeño crucifijo destacaba, rompiendo la blancura inmaculada de las pareces desnudas.

Roque observó que la mirada del hombre se detenía en la única fotografía de la estancia. La de su ordenación.

—¿Cómo ha dicho que se llama?

—No lo he dicho. Me llamo Alonso Vila.

—¿Y qué es eso que me tiene que dar?

El abogado abrió el maletín y sacó un sobre grande.

—Hace tres meses que la señora Valdés me ordenó adquirir la propiedad de las instalaciones del antiguo colegio Santa Catalina. Como usted sabe, esas instalaciones las había adquirido la constructora Taboleiro, S. A. Habida cuenta de las dificultades que estaban encontrando con las licencias de construcción y lo complicado del proyecto por la ubicación del edificio en el casco histórico, fue fácil convencerlos. Las instalaciones las compró Val Valdés a título particular, no el Grupo LAV. Y ahora ella quiere cedérselas a su orden religiosa. Las condiciones jurídicas de la cesión están aquí. En cuanto ustedes las examinen y acepten, las instalaciones estarán a su disposición. Ahora mismo siguen intactas, igual que las dejaron el pasado agosto cuando las abandonaron. La señora Valdés sugirió trasladar allí Educación Infantil y Primaria, y mantener aquí Secundaria y Bachillerato. De todas formas, no es más que un consejo. Ella no tiene voluntad de intervenir en la gestión del colegio. Me pide que le transmita que esta donación no es más que una forma de devolverle a la institución todo lo que hizo por ella cuando era joven. Las condiciones están pormenorizadas en el documento —insistió el abogado—. Incluida la de que esta donación se mantenga en secreto. Esa es prácticamente la única exigencia real de este acuerdo.

Roque se sentó en su silla, tan sorprendido que no sabía qué decir.

—Le dejo los documentos y mi tarjeta. Ahora, si me disculpa, debo visitar a otra persona en la zona vieja.

Roque se quedó paralizado. Tina había tardado, pero había acudido a su rescate. Pero ahora, casi un año después, lo veía todo distinto. Ahora sabía por qué lo hacía. Observó los papeles que le otorgaban aquello por lo que llevaba luchando una vida entera. No pudo evitar pensar que provenían de una asesina. En su fuero interno sentía que no debía aceptarlo. Fijó la vista en el crucifijo.

Definitivamente, en esta vida, cada uno tenía que llevar su cruz.

Valentina

Madrid, 12 de septiembre de 1985

—Me gusta muchísimo más Valentina que Tina. Creo que te voy a llamar siempre así. Valentina. Es un nombre precioso. Como tú.

Matías se inclinó sobre ella y la besó en la nariz. Estaban acostados en la cama y él acariciaba el pelo, desparramado por la almohada. Lo tenía más largo que cuando se conocieron, hacía cuatro meses en el museo.

—¿Por qué te estás dejando crecer el pelo?

—Estoy huyendo de esa imagen de niña sabelotodo. A partir de ahora voy a ser una madre modelo y una esposa sofisticada.

—Esa niña sabelotodo fue la que me hizo darle la vuelta a mi vida e ir a buscarte a la otra punta del país. Conozco a un montón de mujeres sofisticadas. Si me gustasen, me habría casado con una de ellas.

—¿Por qué lo hiciste?

—¿El qué?

—Ayudarme, traerme aquí. Enfrentarte a todos por mí.

—Cuando recibí tu carta supe leer entre líneas. Era un grito desesperado de alguien que necesitaba ayuda. El día que te conocí te dije que me recordabas a alguien. Alguien que también me necesitó en un momento de su vida y a quien ignoré. En aquel entonces no estuve a la altura.

—Háblame de esa mujer.

—No es una historia complicada. Yo estaba enamorado de ella y ella estaba enamorada de otro. Mi madre se encargó de que me enterara. Punto final.

—Me dijiste que ella también estaba desesperada.

—Un error como el tuyo tiene cabida en los años ochenta. En los cincuenta era un suicidio social. Y más en nuestro círculo. Por suerte, ahora me da igual lo que digan de mí. Es lo bueno de tener mis años.

—¿Era tuyo?

—Por supuesto que no. Es la historia de mi vida.

Se miraron de frente y explotaron en una carcajada al unísono.

—No deberíamos reírnos de esto. Jamás.

—Escúchame bien, Valentina: por lo que a mí respecta, este pequeño es un Wagner. —Matías le acarició el vientre con delicadeza—. No dejaré que nadie piense otra cosa. Mi madre está recuperándose de la sorpresa, pero en cuanto el niño nazca estará encantada.

—Ella no me soporta.

—Tan solo necesita tiempo para hacerse a la idea.

—No necesita tiempo. Necesita que te cases con una mujer de tu edad y de tu clase que no esté embarazada.

—Mi madre no ha tenido una vida fácil. Y al igual que tú, es una mujer con mucho carácter. No sé si llegará a quererte algún día, pero te aseguro que se volverá loca por ese bebé. De hecho, si es niña, podríamos llamarla Emilia.

Ella negó con la cabeza.

—Prefiero Eva.

—La primera mujer. Me parece bien. ¿Y si es un niño?

—Roi. Roi Wagner.

—¿Por alguien en especial?

—Matías, llevamos tres meses demorando esta conversación. Pregúntame ahora todo lo que quieras saber. Pero a partir de hoy no quiero volver a hablar más de este asunto: estoy decidida a no revolver más en mi pasado.

—Es que no sé qué quiero saber. ¿Qué me quieres contar?

—Que él no quiere un hijo. Que no me amaba lo suficiente para romper con su vida. Que no entendió que a los quince años soy una mujer. Que soy madura. Más madura que él. Que fui una tonta por creer que estas cosas no les pasan a las chicas inteligentes. Que a veces crees que tienes todo controlado, pero de repente, cuando menos te lo esperas, acabas llorando al lado de un desconocido en un museo. Y que ni en mis mejores sueños pensé que habría en el mundo nadie tan generoso como tú, capaz de venir a buscarme y ofrecerme una nueva vida. Te has ganado el derecho a tener este hijo. Tú eres su padre. Y respondiendo a tu primera pregunta, él no se llamaba Roi. Lo escogí porque es un nombre fuerte que significa «lleno de gloria». Ahora, por favor, ya no preguntes más.

Matías se inclinó de nuevo sobre ella y la besó. Esta vez de una manera distinta. Un beso profundo y lento. Besó también sus lágrimas.

La volvió a besar. Por primera vez, dos meses después de su boda, la encontró preparada. O quizá era él el que se sentía así.

Despacio, muy despacio, le bajó el tirante de la camiseta.

A sangre fría

ALONSO
Santiago de Compostela, 17 de marzo de 2014

Alonso la esperó pacientemente en un bar de la zona vieja de Santiago, simulando que leía un periódico y sin perder de vista la puerta de la tienda. A las ocho y media en punto, Tamara se dejó ver por fin. Cerró la puerta y bajó la persiana metálica que cubría el escaparate. Alonso salió del bar y se acercó a ella.

—¿Tamara Couso?

La chica se giró. Alonso se sorprendió al comprobar lo joven que era.

—¿Quién eres? ¿Qué quieres? —Instintivamente, echó la mano al bolso y retrocedió un paso.

—Tranquila. Me llamo Alonso Vila. Soy el abogado de Val Valdés.

Ella lo miró con incredulidad.

—Déjame en paz. Dile a esa asesina que no quiero saber nada de ella.

Tamara echó a andar esquivando a Alonso. Él la cogió por el brazo.

—Ven ahí enfrente, por favor. Tómate un café conmigo y deja que te explique.

—¡No me toques! —La joven se zafó con violencia de su mano—. Me voy.

—Seiscientos mil euros —la interrumpió Alonso—, trescientos mil ahora y otros trescientos después del juicio.

—¿Qué *carallo*...?

—Entra ahí y habla conmigo. Tenemos que llegar a un acuerdo, Tamara. Lo que pasó ya no tiene remedio. Dani está muerto, y nada te lo va a devolver. No eres la viuda. No eres nada. Deja que Val te devuelva lo que te corresponde. Porque los dos sabemos quién fue la verdadera perjudicada.

Volvió a cogerla del brazo y la dirigió al bar.

—¿Café?

—Cerveza. ¿Cómo te llamabas?

—Alonso Vila.

—¿Me explicas lo de esos trescientos mil?

—Seiscientos. Trescientos ahora y el resto después del juicio. Ingresados en un banco, en Andorra. Cuando quieras, vas hasta allí y vuelves con un bolso de gimnasio lleno de billetes de quinientos.

—¿A cambio de qué? No me creo el cuento. Sé muy bien la clase de mujer que es tu jefa. La conocí hace casi un año. ¿No te lo contó? Fui a verla a Madrid, con una carta de Dani. Éramos unos tontos. Queríamos hacerle chantaje. Seis millones íbamos a pedirle. Dios, ¡cada vez que lo pienso! No teníamos ni idea. Pensábamos que sería cuestión de ir a Madrid, sentarnos delante de ella y enseñarle una vieja fotografía escaneada. Como si a alguien a estas alturas de la película le fuera a importar con quién se acostaba Val Valdés hace veintitantos años. ¡Si ya se ha acostado con medio país! Estamos en el puto siglo XXI. Todo el mundo folla con todo el mundo.

—No me contó lo de esa visita.

—No tenía nada que contar. La seguí hasta una cafetería, me acerqué a ella y le di la carta. Ella estaba sentada y yo de pie. Impresiona cuando una está cerca de ella, ¿sabes? ¡Qué tontería! Por supuesto que lo sabes, si trabajas para ella. Leyó los papeles y después me miró de arriba abajo. Sabe cómo hacer sentir mal a una. Me hizo sentir... vulgar. Sucia. Casi me echo a llorar, y ella, sin inmutarse. Ni en pie se puso. Solo me devolvió el sobre y me dijo: «Dile a Dani que nos veremos en la cena de Santa Catalina». Nada más. Le pregunté si le iba a dar el dinero. Ella casi sonrió y me contestó: «Le daré justo lo que se merece». Y, tonta de mí, pensé que serían los seis millones. Así que sé muy bien la clase de hija de puta que es. Tuvo exactamente un mes para planificar el asesinato. Un mes. Eso es lo que pienso decir en el juicio. Me han llamado a declarar. Y lo haré.

Alonso ya lo sabía. La acusación particular ejercida por los padres de Daniel Leis tenía toda la intención de acabar con Val.

—Tamara, esa declaración no arreglará nada. No te devolverá a Dani.

—Pues entonces más vale que suelte lo que le pedíamos. Mi parte. No lo haré por menos de tres millones.

—Un millón —le contestó él.

Ella bebió un trago de la cerveza directamente de la botella.

—¿Y qué se supone que tendré que decir? —preguntó.

—Dirás la verdad. Y tu verdad es que los seguiste esa noche porque no te fiabas de ellos y estabas celosa. Y que viste cómo Val sacaba una pistola del bolso, apuntaba a la frente de Dani y lo mataba. A sangre fría.

Treinta monedas de plata

VAL

Casa-plató de Sobreviviendo, *20 de diciembre de 2000*

—¿Qué vas a hacer cuando salgamos de aquí? —preguntó Jorge.

—Pues lo primero será ir a buscar a mi hijo. No me importa nada más. Ni el dinero ni ir a más programas. No sé cómo pude imaginar que esto sería fácil. Lo único en lo que puedo pensar es coger a mi hijo y desaparecer. Cinco meses sin verlo. Eso es lo único que me importa. Estar con él.

Val se acurrucó en el sofá y cogió una manta. Sabía que la cámara principal estaba encima de la chimenea, por eso se sentaba siempre en ese extremo del sofá, para asegurarse los primeros planos.

—¿Qué crees que habrá ahí fuera? —Jorge se sentó a su lado—. ¿Crees que alguien habrá visto el programa?

—Bueno, no lo han cancelado. Seguimos aquí.

—¿Piensas en serio que la gente perderá su tiempo en ver a quince personas encerradas en una casa?

—No lo sabremos hasta que salgamos.

—¿Qué harías con los cien millones, Val?

Val bajó la vista.

—¿Piensas en ello? La verdad es que a mí se me olvida. De hecho, ni siquiera me acuerdo de por qué me presenté a este casting. Creo que quería demostrar que podía hacer algo por mí misma. Plantarle cara a la familia de mi marido. ¿El dinero? El dinero no me devolverá los años que pasé en esa casa, con ese hombre, con esa familia.

—No hablas mucho de ellos, pero siempre que lo haces se te pone esa mirada tan triste.

—Me casé con quince años. Y me pasé catorce más viviendo a destiempo con ellos. Era una niña en un mundo de adultos. Y después una adulta en un mundo de ancianos. Nunca me quisieron, solo querían a mi hijo. ¿Qué haría con el dinero? No lo sé. Quizá coger a mi hijo y empezar de nuevo. Ser una mujer adulta en un mundo de adultos. No sé si la libertad tiene un precio. A lo mejor sí.

—Ojalá ganes.

—Jorge, no seas idiota. Lorena o Miguel se llevarán ese dinero. Nosotros no nos dedicamos a sonreír a las cámaras y a ser políticamente correctos. Yo no me he callado nada en estos cinco meses. No he diseñado estrategias, no he cultivado alianzas. Llevo doce nominaciones seguidas. Digo lo que pienso. He contado toda mi verdad. Y mi verdad no es agradable. No soy una estudiante de veinte años que ama a los animales y hace yoga al amanecer mientras repite frases de libro de autoayuda. Yo he limpiado la mierda en el baño. Y en el baño no hay cámaras.

—Por eso deberías ganar. Y si gano yo, te daré la mitad de ese dinero. Eres la mujer más increíble que he conocido.

—Yo nunca dejaría que hicieras eso. —Val se acercó a él y le abrazó. Rozó sus labios—. Eres tan joven... No sabes lo que dices.

—Tengo veintidós años. No soy ningún crío.

—Lo eres.

Val se acercó aún más, con la intención de hablarle muy bajito, aunque sabía que se oiría todo. Llevaban un micrófono prendido las veinticuatro horas. Había llegado el momento de la confesión final.

—Eres tan solo un chico de veintidós. Ojalá pudiera yo volver a esa época en la que todo es fácil. O quizá nunca pasé por ella. A tu edad yo tenía un hijo de seis años. Nunca pretendí ser madre tan joven. Ni casarme.

—¿Y por qué lo hiciste?

—¿Que por qué lo hice? Porque tenía quince años y solo era una niña asustada. Porque un hombre de más de cincuenta se obsesionó conmigo y me persiguió de forma enfermiza. Porque yo estaba sola. No me sentía capaz de contarle a mi madre que me esperaba a la puerta del colegio. Porque me colmaba de regalos y yo no supe ver lo que quería. Hasta que un día me dijo que me quería regalar un libro y me llevó a un hotel. Fui confiada. Y una vez allí... Fue... tan...

Valentina cerró los ojos y recordó a Matías en el museo, ofreciéndole su tarjeta. El libro que le regaló en su primer encuentro en Galicia, después de que ella le hubiese escrito aquella primera carta. Su boda apresurada en el juzgado después de un mes de intensa correspondencia y visitas a Compostela. El nacimiento de Roi. Su complicidad. Su delicadeza. Su amor infinito por su hijo común. Que lo era. De ambos. Recordó el día en que leyó su carta de despedida. El dolor que sentía cada vez que entraba en su despacho y veía esa enorme silla vacía. Sintió que los ojos se le llenaban de lágrimas. «Perdóname, Matías».

—No puedo contarlo. No aquí.

Y rompió a llorar, abrazada a Jorge. En el ángulo perfecto para que las cámaras captasen el torrente de lágrimas. Tan falsas. Tan de verdad.

«No caigáis en tentación»
(Mateo 26, 41)

ROQUE
A Coruña, Audiencia Provincial, 26 de mayo de 2014

Roque repasó su imagen ante el espejo. Americana y pantalones negros, camisa gris. Nunca se vestía así, prefería la ropa informal, pero ese día, en ese juicio, se esperaba de él que hablara como profesor de Tina. Y como sacerdote. Cogió el alzacuellos blanco del cajón y se lo ajustó.

Llegó a los juzgados casi una hora antes de tiempo. Mostró su citación y entró aparentando tranquilidad.

Sabía que le preguntarían por la relación entre Tina y Dani. Echaba la vista atrás y no se reconocía en los recuerdos. O quizá sí. Era el mismo hombre, con la misma obsesión. Esa obsesión que ahora estaba dentro del cajón de su despacho: Santa Catalina salvado por obra y gracia de Val Valdés y sus veinte millones de euros. Resultó que los milagros sí existían. «Pero tienen un precio», pensó mientras sus llaves y su cartera pasaban por el escáner en el puesto de seguridad de los juzgados.

No era un hombre nervioso, pero a medida que se acercaba la hora de inicio del juicio notaba una sensación incómoda en la boca del estómago.

La cabeza se le iba una y otra vez a ese hombre. El abogado de Val Valdés. Su regalo envuelto en un sobre y la obligación de callarse esa donación. «Es la única exigencia real de este acuerdo». Callarse. ¿Qué más tendría que callar?

Mientras juraba decir la verdad, observó a Tina. Ella no lo miró. Era la primera vez que le rehuía la mirada. La Tina que él recordaba no rehuía nada y a nadie. A lo mejor vivir era eso. Olvidarse de plantar cara. Aprender a protegerse. A no mostrarse.

Abrió el turno de preguntas el abogado de la acusación:

—Padre Sanmartín, usted fue profesor de la acusada y de la víctima en el colegio de Santa Catalina. ¿Puede decirnos qué recuerda de ambos en esa época?

—Tina era una alumna brillante. La mejor que he tenido nunca. No solo era aplicada e inteligente, sino que además estaba dotada de una madurez y un juicio crítico excelentes. Su trayectoria profesional, de la que he sabido tan solo por los medios de comunicación, así lo avala. Daniel era un alumno del montón, indolente, bastante perezoso, aunque popular entre sus compañeros.

—Me refería más bien a la relación entre ambos —matizó el abogado.

—La normal entre compañeros de clase. No era mala —contestó Roque, a sabiendas de que no era esa la respuesta que esperaba el abogado.

—Tengo entendido que eran novios. ¿Lo recuerda usted?

Veinte millones de euros. Miraba al abogado y solo podía pensar en eso. En Santa Catalina. En ese sobre que estaba en el primer cajón de su despacho y que no había enseñado a sus superiores.

—A esas edades no podemos hablar de noviazgos. Llevo casi treinta años entregado a la docencia con adolescentes. Las relaciones afectivas entre ellos forman parte de su proceso de maduración.

—No ha contestado a mi pregunta. ¿Valentina González y Daniel Leis eran novios?

Roque asintió de mala gana.

—Eso se decía en la clase.

—¿Recuerda si lo eran cuando fueron de excursión a los Ancares?

—No lo recuerdo. He hecho muchas excursiones desde entonces.

Sí los recordaba. Era imposible olvidarlos. Siempre juntos: en el patio, en el laboratorio, en las canchas de baloncesto. Dani y Tina. Tina y Dani.

—¿Recuerda si sucedió algo en especial en esa excursión?

Velad y orad, hermanos, para que no caigáis en tentación; el espíritu está dispuesto, pero la carne es débil. Lo era. Veinte millones de euros. Santa Catalina de vuelta. El eco silencioso de sus oraciones en la iglesia de piedra. Las aulas de siempre. El colegio. Su colegio. Suyo. Se aflojó el alzacuellos. Notó, ahora sí, la mirada de Tina fija en él, y fue él esta vez el que la rehuyó. Sabía que no podría hablar mirándola a la cara.

—En esa excursión no pasó nada especial —aseguró Roque—. Nada de nada.

Cicatrices

DANI
Santiago de Compostela, 17 de mayo de 2013

La observó mientras se fundía en un abrazo con Mara, como si el tiempo no hubiera transcurrido. Llevaba el pelo recogido. Encima de la ceja derecha, Dani pudo distinguir aquella pequeña cicatriz que le había quedado después de que se golpeara con un estante en el aula de música. Le habían dado tres puntos. Él la había acompañado al centro de salud y le había sostenido la mano mientras le cosían. Ella no se había quejado. Nunca lo hacía. Recordaba ahora todos los besos que le había dado en esa pequeña cicatriz. A su lado, el padre Roque también la miraba. Todos lo hacían. Dani recobró la conciencia de lo que estaba sucediendo.

—Hay cosas que no cambian con los años, ¿verdad, padre? Siempre le gustó ser el centro de atención.

El padre Roque le respondió, defendiéndola. Siempre había sido su favorita. La de todos.

Le contestó al cura lo primero que le vino a la cabeza mientras permanecía con la vista fija en esa pequeña cicatriz, que le mostraba el instante más íntimo que había compartido con ella. Más allá de los besos, del tacto de su piel. Sintió un calor súbito y la garganta seca. Cogió una copa. El padre Roque fue hacia ella, la detuvo y le dijo algo. Ella le respondió sin apenas mirarlo y se dirigió hacia él. Dani sintió el regusto de la victoria, porque sabía que ese día toda su atención sería para él. Se había encargado de que así fuera.

Se plantó delante de él y ni siquiera le dio la mano. Ni un beso. Ni una sonrisa.

—Es increíble, Dani, lo poco que cambia la gente. La última vez que te vi te escondías detrás de esa madre tuya, tan pija y estirada. Y ahora me mandas a una cría de instituto. Dime, ¿cuándo vas a tener los cojones suficientes para tratar conmigo cara a cara?

Dani sintió que le ardían las mejillas.

—Mi madre tenía razón. Solo eras una puta.

—No, Dani. Tu problema es que nunca lo fui. Y deja de mirarme así. Ya no soy Tina. Soy Val Valdés y tengo una imagen que mantener, así que sonríe y después del segundo plato espérame aquí. Debemos arreglar este asunto. Hace años que tenemos una conversación pendiente.

De pronto Mara apareció detrás de ellos y le pidió a Val que posara para un selfi. Val sonrió al móvil y le hizo prometer que no lo colgaría en las redes sociales.

—Yo también quiero uno —le dijo él.

Ella no le respondió, pero lo abrazó por la cintura y sacó la foto con su propio móvil. Después, sin mediar palabra, desapareció en el interior del edificio.

El comedor del hostal de los Reyes Católicos estaba dispuesto en mesas redondas de ocho comensales. Dani no estaba en la de ella. Al fondo, una enorme pantalla reflejaba imágenes de los cursos que habían pasado juntos. Fotografías de olimpiadas escolares, viajes de fin de curso, el que hicieron a los Ancares... Dani sabía que había sido allí donde se había torcido todo. Recordó a

Tina amontonando heno, recogiendo abono, trabajando a destajo sin una queja. Nunca se quejaba. Recordó de nuevo la cicatriz. Y todo lo demás. Sentía las miradas fijas en él. Seguro que estaban hablando de ellos, de cómo ella lo había dejado tirado como a un perro. El estruendo de voces se fue haciendo cada vez más insoportable. Los rostros se mezclaban como en un caleidoscopio. Iba a enloquecer. Reprimió las ganas de chillar. A su lado, Pedro Rey le contaba cómo había acabado de ingeniero en la Citroën. Estuvo a punto de mandarlo a la mierda.

Salió a fumar un cigarrillo y decidió esperarla allí. Dentro no la dejaban en paz. La rodeaban como si fuera un animal de feria. De hecho, eso era. Ni rastro de la Tina que había sido. Tan solo quedaba la leve señal de una cicatriz en la ceja.

Ella apareció por detrás y le puso la mano en el hombro.

—Aquí no podemos hablar. Vamos a dar una vuelta.

Él asintió y salieron a la plaza del Obradoiro. La noche era hermosa. Ella también. Tanto que, por unos instantes, casi consiguió olvidar lo mucho que la odiaba.

I-N-O-C-E-N-T-E

VAL

A Coruña, Audiencia Provincial, 28 de mayo de 2014

Val avanzó lentamente hacia la entrada del edificio. La muchedumbre la llevaba casi en volandas. Levantó la cabeza y no permitió que los ojos se le cerrasen ante la avalancha de flashes. Aguanto la mirada y avanzó. Los policías que la escoltaban le abrían paso a empujones.

Los periódicos bombardeaban con las cifras del juicio. Más de seiscientos periodistas acreditados de ciento cincuenta medios nacionales e internacionales. Alrededor de cincuenta personas en la sala que podrían asistir como público. Diez millones de euros de responsabilidad civil subsidiaria solicitada por la acusación particular. Más de cuarenta testigos. Y millones de personas pegadas a una pantalla de televisión para ver de cerca, de nuevo, a Valentina Valdés.

Val entró en la sala. Los primeros días habían testificado sus antiguos compañeros del Santa Catalina, el padre Roque y otro cliente del parador que declaró que había visto a Dani Leis y a Val Valdés salir juntos del edificio. Ese día le tocaba a ella.

Cuando la llamaron a declarar, Val se dirigió al estrado con seguridad. Se concentró en mirar a los ojos al abogado de la acusación. Recordó todas y cada una de las respuestas que había ensayado con el suyo la tarde previa y fue anticipándose a sus preguntas. Confirmó su asistencia a la cena. Los años que llevaba sin ver a Dani. Que habían sido novios durante unos meses. Sabía que ahora vendría lo peor.

—Señora González, ¿cómo terminó su relación con Daniel Leis?

—No lo recuerdo. Era una cría. Tras conocer a mi difunto esposo me volqué en esa relación. Me quedé embarazada muy joven. Me casé y me fui de Santiago.

—¿Es cierto que Daniel la dejó porque descubrió que usted tenía una relación con Matías Wagner?

—Dani no me dejó a mí, ni yo le dejé a él. Simplemente nos distanciamos.

—Señora González, ¿puede decirnos cuándo conoció a Matías Wagner?

—En febrero de 1985.

—En el reality televisado del año 2000, afirmó usted que lo conoció en una excursión a Madrid y que él la forzó a tener a relaciones sexuales tras visitarla un mes después en Compostela. Esa excursión tuvo lugar en mayo de 1985.

—En ese programa dije muchas cosas que no eran ciertas para ganar un premio. Conocí a Matías en febrero de 1985.

—Su compañero de estudios en Santa Catalina Rafael Santos Gutiérrez ha declarado que la víctima pasó en su habitación una de las noches del viaje que realizaron a los Ancares en la Semana Santa de 1985. Señora González, ¿mantuvo esa noche relaciones sexuales con Daniel Leis Casal?

—Nunca me acosté con Dani Leis.

—Es un hecho constatado que usted era novia de la víctima cuando se quedó embarazada de su hijo.

—Lo que es un hecho constatado es que solo yo sé con quién me acostaba.

—Señora González, está bajo juramento —la presionó el abogado de la acusación.

—Lo sé. Conocí a Matías Wagner en febrero de 1985 en un viaje suyo a Santiago de Compostela. Nunca me acosté con Dani Leis. Y por extensión, Dani Leis no era el padre de mi hijo, si era eso lo que estaba tratando de insinuar.

—Nosotros no insinuamos nada, pero usted se presentó en comisaría y confesó la comisión del crimen.

Val guardó silencio.

—Señora González, ¿mató usted a Daniel Leis?

Ella alzó la vista y contempló a Alonso, al fondo de la sala. I-N-O-C-E-N-T-E, había dicho él. Miró a la cámara. I-N-O-C-E-N-T-E. Dejó que sus ojos se tiñesen de lágrimas. Se apartó la melena de la cara y levantó la barbilla. I-N-O-C-E-N-T-E. Sabía que podía hacerlo.

Luego recordó que hacer lo que debía nunca había sido su especialidad.

—Sí, yo lo hice. Y no contestaré a más preguntas.

La verdad y nada más que la verdad

ALONSO
A Coruña, Audiencia Provincial, 30 mayo de 2014

Alonso se colocó al fondo de la sala. Acababa de hablar con Eche-verri por teléfono para agradecerle todas las filtraciones que había hecho llegar a los grandes medios de comunicación. También habían logrado que apenas se diese repercusión a la declaración de Val de dos días antes. En tiempo récord, habían conseguido que un prestigioso psicólogo sostuviese en un informativo que la declaración de Val no resultaba fiable, y que era claramente fru-to de la presión. Alonso sabía que el juicio se les ponía cuesta arriba, a pesar de la labor persistente de su equipo y del de Eche-verri por dibujar un pasado a medida de la defensa. El país entero supo de los encuentros de Dani con su amante de veinte años en un hostal de Louro, de su adicción a la coca, de los dos ex-pedientes disciplinarios que le habían abierto en el banco. Poco a poco, la figura de Dani se había ido perfilando para el público, mientras que Val Valdés se limitaba a contemplar el espectáculo desde el banquillo de los acusados. Todo iba perfectamente has-ta que ella lo había desafiado. Por primera vez en nueve años, tenía que ir por delante de su jefa. Esquivar los golpes para pro-tegerla de ella misma.

Val le había pedido que mantuviera a Roi lejos del juicio, y por una vez en la vida, el joven Wagner le había hecho caso. Alonso sabía que había pocas cosas que Val no pudiera soportar. Tener a Roi allí era una de ellas.

—La acusación particular llama a declarar a Tamara Couso Fernández.

Alonso observó a la joven amante de Dani Leis entrar en la sala, con la melena rubia suelta y el rostro limpio de maquillaje.

El interrogatorio comenzó sentando las bases de la relación entre Daniel y ella. Los padres de él estaban dispuestos a pasar por eso con tal de demostrar la culpabilidad de Val. La acusación presentó como prueba material el iPad de Daniel.

—¿Conoce usted el contenido de los archivos que aparecen bajo el nombre de Val Valdés?

Tamara respondió clavando la mirada en Val.

—Sí. Son los documentos que le llevé a Val Valdés el año pasado cuando fui a Madrid.

—¿Puede describir ese encuentro?

—Me acerqué a ella en una cafetería, le entregué las pruebas de que Roi Wagner no era hijo legítimo de Matías Wagner y le pedí seis millones de euros a cambio de no soltar prenda.

—¿Y esa información era fidedigna?

—¿Qué quiere decir? —preguntó una desconcertada Tamara—. No entiendo la pregunta.

—Que si era cierto que Roi Wagner no era el hijo de Matías Wagner.

—Claro. Dani me lo contó. Me enseñó esa foto de ellos dos en los Ancares y me dijo que ese niño había nacido justo nueve meses más tarde. Y que esa información tenía un precio. Y eso le dije a ella en Madrid.

—¿Qué le contestó la acusada?

—Dijo que le daría a Dani justo lo que merecía.

Los murmullos se elevaron en la sala. El juez ordenó guardar silencio.

—¿Puede decirnos cuándo volvió a ver a la acusada?

—La noche del asesinato. Dani estaba tan nervioso que a mí se me metió en la cabeza que él aún estaba loco por ella. Los celos me estaban matando, así que me quedé a las puertas del parador con la idea de seguirlos si se marchaban juntos. Sobre las once de la noche salieron del edificio y los seguí por la rúa das Hortas. Caminaban deprisa y se dirigieron hacia el paseo del río Sarela. Estaba oscuro. Cuando se detuvieron, me acerqué un poco para oír lo que hablaban. Dani le dijo a Val que debían arreglar esa cuenta pendiente que tenían desde hacía casi treinta años. Ella no dijo nada. Solo abrió su bolso, sacó un arma y le disparó.

De nuevo murmullos en la sala. De nuevo el juez ordenando guardar silencio.

—¿Usted no gritó? ¿No llamó a la policía?

—Yo me quedé de piedra. Después eché a correr, muerta de miedo. Al día siguiente leí en internet que se había entregado, así que decidí no decir nada. Me dio vergüenza. Muchísima. No solo por mis padres. Estaba también lo de su mujer. Ya sabe.

Val la observó. Parecía la chiquilla que realmente era. Cruzaron las miradas. La de Tamara era triunfante.

El abogado de la defensa se irguió para su turno de preguntas.

—Señorita Couso, ¿conoce usted a algún miembro de la familia de la acusada?

—No.

—¿Es usted consciente de que se encuentra bajo juramento? ¿De que debe decir la verdad y nada más que la verdad?

Tamara asintió.

—Se lo preguntaré de otro modo: ¿conoce a doña Emilia Wagner, suegra de la acusada?

—No.

—La defensa quiere presentar como prueba un extracto bancario que refleja una transferencia de doña Emilia Wagner a favor de Tamara Couso Fernández por valor de quinientos mil euros en un banco de Andorra. Ahora, señorita Couso, le repetiré la pregunta: ¿conoce usted a doña Emilia Wagner, suegra de la acusada?

Frío

ROI
Madrid, 25 de marzo de 2014

El despacho de Val se mantenía intacto. Roi observó el montón de fotografías que tenía sobre la mesa. La que más le gustaba era una de cuando habían viajado a Disney, en Orlando. Estaban los tres: Matías abrazaba a Val, y Roi sonreía, mostrando el hueco donde antes estaban sus dientes de leche. Los tres llevaban gorras de Mickey Mouse. Había también muchas fotos de Val y de él, tomadas en sus viajes por Europa.

A partir de entonces, ese sería su despacho. El teléfono sonó y la secretaria le anunció la llegada de Miriam.

—Llevas diez días sin quedar conmigo —le dijo, al tiempo que lo besaba—, y no sé si enfadarme o tirarme a tus brazos. ¿Se puede saber cuándo vamos a empezar a preparar la boda?

—He estado muy liado. Hoy me van a nombrar presidente del Grupo LAV.

—¿Presidente? ¡Y no me lo habías dicho! ¡Serás tonto! Tenemos que salir a celebrarlo. Voy a reservar ahora mismo en un restaurante nuevo al que fui la semana pasada con Carlota. Es una pasada. Fusión de comida japonesa y española. Ya verás.

—No.

La voz de él la cortó en seco.

—¿No podemos celebrarlo? ¿Mañana? ¿La semana que viene? —preguntó ella, sonriendo.

—Miriam, hace tiempo que teníamos que afrontar esto. Los dos sabemos que el asunto de mi madre me está afectando mucho. Quedan dos meses para el juicio y ahora voy a asumir responsabilidades nuevas. Necesito concentrarme de lleno en mi carrera. Mi abuela me va a ceder el control de Wagner Corporation. Este es el comienzo de la fusión entre la empresa de mi padre y el Grupo LAV. —Mientras le enumeraba sus planes de futuro, los ojos le relucían—. Ni imaginas lo que eso supone. Con los contactos del Grupo LAV y las infraestructuras de Wagner Corporation vamos a conseguir una expansión que ni siquiera nuestros analistas son capaces de evaluar.

Miriam lo comprendió de pronto.

—Me estás diciendo que yo no entro en esos planes, ¿es eso?

Sus ojos azules se cubrieron de lágrimas. Roi se acercó a ella para consolarla.

—Miriam, yo... Siempre estaré en deuda contigo por tu paciencia...

—¡No es paciencia, Roi! ¡Es amor! ¡Te quiero! ¡Mierda, no me jodas, Roi! —Se apartó de él de golpe—. ¿Me estás diciendo que me vas a dejar para enterrarte en este despacho? Tienes más dinero del que puedes gastar. Y sabes que mis padres también lo tienen. No necesito dinero. No lo necesitamos. No me importa lo de tu madre. Sé que va a salir de esto. Ella es fuerte, Roi.

—Escucha, Miriam, en el orden de prioridades de mi vida actual...

—¿«Orden de prioridades»? ¿Eso es lo que soy en tu vida? —Se enjugó las lágrimas y lo encaró de frente—. Así que eso es lo que soy. Una mera prioridad. Solo por curiosidad, ¿dónde me encuentro? ¿Te lo digo? Justo en medio, entre el maldito Grupo LAV, tus salidas nocturnas para hacer lo que te dé la gana y el férreo control de esa abuela tuya que no te deja respirar. Así que explícame qué ha pasado en tu vida en el último año. Explícame qué ha cambiado en ese orden de prioridades, porque me vas a perdonar, pero no entiendo por qué el hecho de que tu madre haya matado a un hombre ha provocado que algo cambie en esta relación.

—El juicio va a ser muy desagradable. No te quiero en esto.

—No me pongas excusas, Roi. Puedes hacer la frase más corta. Lo único que pasa es que no me quieres y punto. Tranquilo, que ya me voy. Recuerda este día. El día en que te convertiste en Val Valdés. Un empresario de éxito al frente de un negocio infinito. Pregúntale a tu madre cómo se siente uno sin tener a nadie con quien compartir esto, excepto una caterva de abogados que te dice a todo que sí. Pregúntaselo a ella, la mujer que ni siquiera fue capaz de criarte.

Los dos se quedaron callados, conscientes de que habían ido demasiado lejos. Ella se quitó el anillo de diamantes del dedo y lo dejó encima de la mesa. Después cogió su bolso y salió sin decir ni una palabra más.

Roi se sentó tras la robusta mesa de madera de roble. Sabía que ella tenía razón. Que a pesar del montón de fotografías que lo rodeaban en ese despacho se respiraba soledad. Y que, aunque nunca lo había notado hasta ese día, allí hacía frío.

Mucho frío.

Luces, cámara, acción

ALONSO
A Coruña, Audiencia Provincial, 30 de mayo de 2014

Alonso observó el rostro desencajado de Tamara, que tartamudeaba ante el interrogatorio de la defensa.

—Señorita Couso, conteste: ¿conoce a Emilia Wagner?

—Ella me aseguró que lo mejor era que Val pagara por esto. Que era una mala mujer. Yo le dije que había sido en defensa propia...

—Señorita Couso —la interrumpió el abogado de la defensa—, ¿está diciendo que recibió dinero de Emilia Wagner por decir aquí que Val Valdés había matado a Daniel Leis? ¿Sabe que puede cometer un delito de falso testimonio?

La acusación particular y la fiscalía protestaron. El documento aportado por la defensa no probaba nada, Tamara Couso no era la acusada y no se entendía por qué la defensa lo sacaba ahora a colación y de manera extemporánea. El juez hizo caso omiso de la protesta, pero, teniendo en cuenta lo sucedido, acordó un receso de una hora. Reunió a acusación y defensa para indicarles que no iba a admitir trucos de conejo y chistera en su sala, pero que admitía la argumentación de la defensa en la medida en que afectaba a la veracidad de un testigo crucial.

Mientras, en la sala el nerviosismo se había adueñado de los presentes, principalmente de los padres de Dani Leis. Para Alonso, el juicio no era más una sinfonía que se desarrollaba bajo su batuta. El jurado popular solo debía dejarse llevar por la música.

Tras el receso, Tamara solicitó cambiar su declaración inicial. El juez estaba visiblemente enfadado.

—Señorita Couso, a la vista de los acontecimientos tengo elementos suficientes para considerar que ha incurrido usted en falso testimonio. Pero atendiendo al interés general y al de la acusada en particular, le daré la oportunidad de retractarse y de explicar los hechos puestos de manifiesto por el abogado de la defensa. Respecto a su situación, daré traslado a fiscalía de lo sucedido en esta sesión.

Tamara se echó a llorar y se cubrió el rostro con las manos.

—Yo no quería...

—Abogado, prosiga con el interrogatorio —ordenó el juez, haciendo caso omiso del llanto de la testigo, y la defensa tomó la palabra:

—Señorita Couso, ¿conoce usted a Emilia Wagner?

—Sí —sollozó ella.

—¿Puede explicar las circunstancias en las que la conoció?

—La visité en Madrid. Le dije que la noche del asesinato había seguido a Dani y a Val Valdés. Todo lo que conté antes de mis celos era verdad.

—¿Eso era verdad? ¿Y qué no lo era?

—Lo de que lo mató a sangre fría. La pistola era de Dani: él me había dicho que la llevaría para asustarla si no le daba el dinero. Una vez en la rúa de Galeras, fue Dani el que insistió en dirigirse al paseo del río. Cuando llegaron, intentó besarla, se echó encima de ella, le dijo que esa noche iba... Ya sabe. Él le apuntaba con la pistola. Le ordenó que se quitara toda la ropa. Fue así.

Se abalanzó sobre ella y forcejearon. Ella gritó. Fue todo muy rápido. Después oí el disparo y eché a correr. Esa es la verdad. Lo juro.

—¿Por qué no fue a la policía?

—Ya lo dije, me dio vergüenza.

—Pero se tomó la molestia de ir a ver a Emilia Wagner.

—Pensé que ella querría saber la verdad. Ellos tienen dinero y yo ya no tenía nada. Dani había muerto. Pensé que esta información podía tener algún valor.

—¿Le ofreció Emilia Wagner dinero por mentir en este juicio?

—Me ofreció medio millón. Me di cuenta de lo mucho que odiaba a su nuera. Literalmente, me dijo que quería que se pudriera en la cárcel.

—¿Y usted aceptó?

—¿Y por qué no? Ella ya había confesado. Supongo que porque no quería que todo eso del hijo se hiciera público. Lo más gracioso es que la vieja me contó que el hijo era realmente de Matías. Que le había hecho una prueba de ADN hacía más de veinte años.

Val escuchó impasible la declaración de Tamara.

Alonso abandonó la sala, sabiendo que ya estaba todo hecho. Acababan de probar que el asesinato se había cometido en defensa propia, y tenían una testigo a la que nadie cuestionaría, una vez que se había desdicho de su testimonio inicial. A pesar de que si alguien se tomaba la molestia de ir al río Sarela a las once de la noche, comprobaría que era imposible ver nada. Que no había pruebas de que esa pistola fuera de Dani. Que resultaba increíble que Emilia se tomase la molestia de pagar un falso testimonio para que Val acabara condenada cuando ya ella se había empeñado en acusarse. Todos esos detalles estaban ocultos por la polvareda de la perfecta puesta en escena que acababan de presenciar.

Salió del juzgado y buscó un taxi para volver al hotel. De manera inexplicable, no se sentía eufórico. Cerró los ojos y visualizó a Val en el banquillo. Sabía que solo él podía apreciar su vulnerabilidad. Le invadió una melancolía absurda. La sensación de desconcierto que abate al que alcanza una meta largamente ansiada. Al que ya le queda poco por decir y nada por hacer.

Le ordenó al taxista que cambiase de ruta y se dirigiese al aeropuerto.

Ajuste de cuentas

DANI
Santiago de Compostela, 17 de mayo de 2013

Caminaban despacio por la rúa das Hortas.

—¿Adónde vamos? —preguntó él.

—A dar un paseo. ¿De verdad te quieres quedar ahí arriba, Dani? Podemos subir y contarles a todos que me quieres hacer chantaje. Que no eres más que un cabrón sin escrúpulos que se acuesta con una chavala que podría ser su hija y quieres sacarme una fortuna que ni volviendo a nacer tendrías la capacidad de ganar. ¿Sabes qué no aguanto?, esa pose tuya de «Cómo pudiste hacerme esto». Que creas que después de todos estos años aún te debo algo.

—No sé qué quieres decir y no me vengas con edades, tú te casaste con un hombre que podía ser tu padre.

—¿Lo ves? Llevas toda la vida culpándome porque me casé con Matías. Y lo cierto es que fue culpa tuya.

—¿Y tú qué sabes de lo que pienso yo de ti? —se indignó él.

—Eres transparente. Siempre lo fuiste.

—¿Qué querías? ¿Que me casase contigo? ¡Solo teníamos quince años! Pero incluso cuando recapacité y quise ayudarte, tú ya habías desaparecido. Nunca pensaste en mí como un padre para tu hijo. Yo habría hecho muchas cosas por ti, pero no me diste tiempo. Nunca me tomaste en serio.

—¿Casarme? ¿Contigo? —Sonaba a broma, tuvo que reírse—. ¡Dios! No entendiste nada. No te pedí nada. Lo único que yo quería era que me comprendieras. Que me apoyases. Que me dijeras qué hacer. Por eso te lo conté. ¡Tú eras mi mejor amigo!

—¡No! ¡Era tu novio! ¿Cómo querías que lo entendiera? —Dani la agarró por los hombros y la detuvo—. ¡Me dio asco, Tina! ¿Cómo pudiste? Con él. Precisamente con él.

Ella se soltó y siguió caminando. Él la siguió, sin tener claro hacia dónde iban.

—¿Nunca se te pasó por la cabeza que me había enamorado? —dijo ella al cabo de unos segundos.

—¿Enamorarte? No me jodas. Eras una niñata de quince años y te metiste en la cama de él sin pensarlo, cuando llevabas más de un año saliendo conmigo y apenas te podía poner la mano encima. Os vi. Os vi aquella noche. Fui a tu habitación y os vi. Abrí la puerta y allí estabais. Ni siquiera os disteis cuenta. Cerré con cuidado y salí. Esa noche dormí a la intemperie. Nunca me he sentido tan mal en mi vida.

—¿Eso es lo que realmente te importa? ¿Que él sí pudo y tú no? ¿Todo se reduce a eso?

—Solo contéstame a una pregunta: cuando fuimos a los Ancares, ¿ya estabas enamorada de él?

—¿Y qué más te da eso ahora? ¿Qué sentido tiene ahora hablar de lo que sucedió?

—¡Joder! No puedo creerlo. —Negó atónito con la cabeza—. ¡Aún lo quieres! Val Valdés no sale nunca de su escondite. Y de repente vienes aquí, arriesgándote a que alguien te recuerde ese pasado que llevabas mil años escondiendo. Aún lo quieres.

Ella se dio la vuelta y lo fulminó con la mirada.

—¡Serás cabrón! No sé qué te hizo la vida, Dani, pero te has convertido en un tipo de mierda —dijo antes de continuar andando, con él pegado a los talones.

—No intentes culparme a mí. Fuiste tú la que metió al cura en su cama. Fuiste tú la que se quedó preñada y fuiste tú la estúpida que no les dijo la verdad a su marido y a su hijo. Y para rematarlo, fuiste tan ingenua de creer que podrías dejarme en ridículo delante de mi familia y de mis compañeros y no pagar por eso.

Le echó las manos al cuello. Estaban ya en el paseo del río Sarela.

—¡Suéltame! ¡Suéltame o te juro que te mato!

Dani sintió una presión en el vientre. Retrocedió dos pasos.

—¿Qué demonios...? ¿Qué tienes ahí?, ¿una pistola?

—¡Aléjate de mí! Mírame a los ojos y vuelve a pedirme el dinero. ¡Seis millones! Me dan igual, ¿sabes? Solo es dinero. Y tengo un montón. Ganado a fuerza de renunciar a mi dignidad. De renunciar a mi vida, a mi nombre y a mi hijo. Y no creas que he recuperado nada de eso. Cuando la gente me ve, aún cierra los ojos y piensa en mí en ese programa. Pero valió la pena. No me queda otra que pensar que sí. Soy una empresaria de éxito, he creado un imperio. Y mientras, ¿quieres saber qué hiciste tú? Te lo digo: follar con una chavala de veinte años, meterte coca hasta reventar e intentar hacerte el ofendido cuando lo que realmente sucedió es que nunca fuiste lo bastante hombre para estar a mi lado.

—¡Cumpliré lo que te dije, Tina! ¡Se lo diré! ¡Se lo diré a Roque y a tu hijo! —gritó él—. ¡Lo diré en los programas de televisión! ¡Diré que no eras más que una puta que se acostaba con su maestro!

—No dirás nada —musitó ella.

Él se quedó callado mirando la pistola en las manos de Tina.

—No lo harás —dijo él—. No te atreverás.

Ella alzó la mano y colocó la pistola delante de él. Apuntó directamente a su frente. Fue en ese instante cuando él comprendió que iba a morir. En los ojos de ella no había miedo. Ni pena. Solo determinación.

—Tina, baja eso. Los dos sabemos que no vas a hacerlo —le suplicó él.

Dani fijó la vista en la pequeña cicatriz. Era ella. Su Tina. No lo haría. Recordó la mano de ella apretando la suya mientras la cosían, su primer beso en el gimnasio de Santa Catalina, las tardes en la alameda, su risa cristalina y su voz grave susurrándole su nombre al oído.

—Yo no soy Tina.

El disparo resonó en la noche.

En el nombre del Padre

ROQUE
Santiago de Compostela, Ciudad de la Cultura, 27 de julio de 2014

Ella se había cortado el pelo igual que cuando era joven y llevaba unas gafas oscuras. Lo esperaba al pie de las torres Hejduk. Eran las tres de la tarde y el calor resultaba sofocante. Apenas había turistas visitando el complejo arquitectónico del monte Gaiás. Imaginó que por eso lo había citado allí.

—Hola, Tina.

Ella no se quitó las gafas, pero Roque sintió su mirada aguamarina bajo los cristales ahumados.

—Hola, Roque.

—¿Cuándo has llegado?

—Ayer por la noche.

—Aquí lo tienes. —Él le entregó el sobre.

—Roque, tú sabes que no quieres devolverme ese acuerdo. Tú lo sabes. Yo lo sé. Lo sabemos los dos. Si hay algo a lo que no estás dispuesto a renunciar es Santa Catalina.

—Tú no sabes a lo que estoy dispuesto a renunciar —se revolvió.

—Créeme, Roque, si te digo que lo sé.

—Eso no es justo, nunca supe lo de Roi.

—¿Y habría cambiado algo? ¿De verdad piensas que me iba a conformar con tu puto sentido del deber?

—Aquello no tenía que haber sucedido nunca.

—Aquello, como tú lo llamas, sucedió, Roque. Sucedió, a pesar de que tú te habías negado a creerlo. A pesar de tu arrepentimiento. Sucedió —insistió Val con voz calmada—. ¿Sabes qué?, llevo casi treinta años viviendo de ese recuerdo. Así que no me digas que fue un error. ¿De verdad fuiste capaz de olvidarlo?

—Sí. Claro que sí. Lo borré. Conseguí que ese día se transformara en un sueño. En un sueño hermoso pero irreal. A veces pensaba en ti. En la chica que habías sido. Pensaba en ti, en otra vida. En una vida en la que pudiéramos estar juntos. Pero en esta no, Tina. En esta vida, yo vivía para Dios.

—¡Para Dios! —Val dejó escapar una risa triste—. ¿A quién mientes, Roque? A mí no. Tú solo has vivido para una cosa en esta vida. Y es ese maldito colegio.

—Quiero verlo.

—¿A Roi? No, eso sí que no. Lo que vas a hacer es dejarte de absurdos remordimientos y a coger este sobre. Santa Catalina entera para ti. No eres muy distinto de Dani. Te estoy comprando. Hay muy pocas cosas que no se puedan conseguir con dinero, ¿sabes? Roi es un Wagner. Puede que tenga tus ojos oscuros, pero no hay más. No lo vas a ver. Perdiste ese tren hace muchos años.

—Nunca lo supe. Te lo juro. Ni siquiera después de la muerte de Dani. Cuando fui a verte a la cárcel, yo no sospechaba... El propio Dani me había confesado que esperabais un niño, me dijo que nos había visto, que me denunciaría si interfería en vuestra relación. Bajo secreto de confesión me contó que tendríais un hijo, y que si me acercaba a ti, contaría lo sucedido en aquel viaje, que perdería mi puesto, mi trabajo. Pero créeme, si yo hubiese sabido que eso era mentira, yo...

—No querías ni imaginarlo. ¿Ni siquiera te percataste de que era virgen? Recuerdo tu cara de horror al día siguiente. ¿Qué te daba más miedo: ser un hombre o dejar de ser cura y maestro?

—Eres muy injusta, Tina. No acudiste a mí. Viniste un día al confesionario y solo me dijiste que nunca contarías a nadie lo sucedido. Que estabas pensando en ir a estudiar fuera y que un hombre al que habías conocido en Madrid te brindaba esa oportunidad. Una especie de beca. Así lo dijiste. Luego Dani me dijo que tendríais un bebé. Y lo siguiente que supe es que habías desaparecido. Pensé...

—No pensaste. Te dejaste llevar. No adivinaste nada. No sé qué esperaba, que me consolases, que apareciese el hombre en lugar del sacerdote. Eras más inmaduro que yo. No sabías lo que querías. Yo lo tenía tan claro... Te conté lo de Matías para ver si estabas a su altura, que tan generoso fue sin tener ninguna obligación conmigo. Recuerdo tu sermón en aquel confesionario. «Si alguien te ofrece su ayuda, debes aceptarla, Tina, de igual forma que Jesús le tendió la mano a la Magdalena». ¿A qué altura me dejabas, Roque?

—A la altura de los pecadores que éramos. No me dijiste que estabas embarazada, y cuando Dani me lo contó, asumí que tenías claro que era de él. ¡Él me dijo que era suyo! ¿Por qué razón no acudiste a mí?

—Por el amor de tu jodido Dios, no me vengas con esas. ¿Me estás diciendo que nunca sospechaste ni remotamente que Roi podía ser hijo tuyo? Se lo dije a Dani porque era mi mejor amigo, pero él lo tergiversó todo y entró en una espiral de reproches y de orgullo malherido. Nunca me ofreció nada. Estaba sola. Completamente sola. Y entonces apareció Matías para ocupar el lugar que tenías que haber ocupado tú.

—Nunca me lo dijiste —insistió Roque.

—¿De qué habría servido? —Se encogió de hombros, frustrada—. Nunca fuiste capaz de mirar más allá de ese maldito colegio. Porque si fueras capaz, te habrías dado cuenta de que Val Valdés nunca vendría a una cena de aniversario de su colegio. Val Valdés no sería tan estúpida para hacer que el anagrama de su empresa fuera el mismo que el de tu grupo de orientación cristiana. Val Valdés no lo habría arriesgado todo por verte de nuevo. Ese montón de chorradas solo las pudo hacer esa idiota de Tina que llevaba treinta años enamorada de ti. Te voy a decir lo que sí hizo Val Valdés: protegerte. Comprar un arma en el mercado negro. Engañar al estúpido de Dani. Apuntarle al centro de la frente y matarlo a sangre fría. Por ti.

—Estás loca.

—Nunca lo vas a entender, ¿verdad? Para el padre Roque todo es blanco o negro. La gente es buena o mala. Pues no. A veces se cometen errores siendo buena persona. Y se hacen buenas acciones, aun siendo una asesina. Así que coge esos papeles y no me hagas hablar más.

Él cogió el sobre.

—¡Mataste a un hombre!

—Por lo menos ahora sabes lo que estaba dispuesta a hacer por ti. Que para uno de los dos lo que sucedió fue de verdad. —Le devolvió el sobre—. Quédate con el colegio, Roque —le dijo antes de dar media vuelta y marcharse.

Roque sostuvo el sobre contra su pecho. Ella tenía razón: era como Dani. Jamás renunciaría al colegio. Ahora solo le quedaba aprender a vivir con el hecho de que Tina había apretado ese gatillo por él. Inconscientemente, dio gracias al Señor.

Después, rompió a llorar ante la atónita mirada de un turista japonés.

No ha pasado

VAL
Madrid, 28 de julio de 2014

Las dos fotografías eran casi idénticas. Dos viejas Polaroids que habían sacado con la máquina de Rafa Santos. Las dos del mismo día y junto a una palloza en Piornedo. En una estaba al lado de Dani. La otra era de todo el grupo.

Dolía ver a Roque así, como fue y ya no era. Como el hombre al que creía haber amado sin concesiones. Ese Roque no era de verdad. Ella tampoco era esa niña de pelo corto y grandes ojos verdes que lo miraba de reojo en la instantánea. Era la foto del día después de la única noche que habían pasado juntos. Él no miraba a cámara. Ella solo tenía ojos para él.

No sabía cómo habían llegado a ese punto. Simplemente sucedió.

Era muy distinto y al mismo tiempo muy parecido a ella. Ponía pasión en todo lo que hacía y decía. Era perfeccionista, inteligente y rápido, muy rápido. La única persona capaz de estar a su altura dialéctica. También era guapo, con ese atractivo propio de los que ignoran que lo son. Sonreía con aire distraído. Tenía un pelo rubio que aniñaba su rostro y unos ojos negros que resplandecían con su piel morena, curtida de hacer mucho ejercicio al aire libre. Sabía que salía a correr todos los días. Alguna vez lo encontraba y se paraba a hablar con ella. En sus fantasías, Roque la invitaba a hacer ejercicio con él. Nunca lo hizo. Solo era una alumna. Aunque era su alumna más brillante. Comenzó a pedirle que se quedara tras las clases. Le pedía opinión respecto a qué trabajos poner al grupo. Discutían a menudo. Empezó a prestarle libros. Intentó adentrarla en el mundo de la filosofía. Ella le rebatía siempre con su lógica aplastante y empírica. Su discusión más enconada la tuvieron tras leer *El nombre de la rosa*: Tina consideraba ese libro un ejemplo de sectarismo dogmático. Él, enigmático, la conminó a buscar su propio dogma.

Ella, que no creía en nada, se esforzó en creer. Se acostumbró a buscarlo entre clase y clase. Lo ayudó con el programa de actividades del grupo de orientación. Pronto empezó a contarle sus problemas. Lo difícil que era sobrevivir en un mundo de gente que no es igual a ti en absoluto. Lo mucho que se esforzaba para que no se notase que no era como ellos. Recordaba con un estremecimiento el día en que él le pidió que nunca lo fuese, porque ella era especial.

Jamás le había preocupado ser especial, ni su aspecto. De repente se dio cuenta de que deseaba verse hermosa para él. Comenzó a rehuir a Dani, a esquivar a sus amigas. Pasaba el tiempo leyendo los libros que él le prestaba.

Y luego llegó el viaje. Un viaje pensado para aislarlos del mundo, para tomar conciencia de lo afortunados que eran en sus vidas, solo que ella no se sentía afortunada. Se sentía tan desdichada que únicamente quería gritar, y llorar, y decirle a Roque que su Dios no era de verdad, pero que ella sí lo era.

No necesitó decirle nada de eso. Aquella noche, cuando él bajó para darle un libro que le había prometido, ella le demostró que había algo con lo que su Dios no podía competir. Calor. Piel. Saliva. Era todo tan simple y primitivo...

Valentina miró ambas fotografías. Se sintió muy lejana de esa Tina que se despertó aquella mañana y lo abrazó en su cama. Recordó cómo él se levantó y recogió su ropa. Cómo se giró y la miró con horror, incapaz de articular palabra.

—Esto no ha pasado —dijo él al fin.

—No ha pasado —repitió ella como una autómata.

Hay más dolor en la negación que en el desprecio. Siempre había pensado que Val Valdés nació un poco ese día, antes del casting de *Sobreviviendo*. En ese momento nació el orgullo, la determinación de no mostrar su fragilidad, de sobreponerse a su vulnerabilidad, de anticiparse.

—No ha pasado —volvió a decir Tina.

Y así lo borraron. O al menos así lo hizo él, que nunca volvió a buscarla. No hubo más libros ni más conversaciones. Y el único día que ella lo buscó, lo encontró en un confesionario.

Ese día decidió olvidarlo. Claro que no lo había hecho.

Hasta ese momento.

Cogió las dos Polaroids y las rompió en mil pedazos.

Tan cerca, tan lejos

ALONSO
Madrid, sede del Grupo LAV, 1 de agosto de 2014

Entró sin llamar a la puerta —nunca lo hacía, Val nunca pedía permiso— y se quedó paralizada en cuanto reparó en la caja. Alonso continuó recogiendo sus cosas mientras pensaba qué poco ocupan nueve años de vida.

Él llevaba un mes preparándose para ese momento mientras se preocupaba por dejar todo atado y bien atado. Lo había planificado con tiempo. Había tenido en ella a una gran maestra. No dejó asuntos pendientes en el Departamento Jurídico. Se encargó de que Tamara recibiera su dinero y de que no hubiera ni para ella ni para Emilia responsabilidades penales ni fiscales. También se encargó de manejar la información ante los medios. Obligó a Val a declarar a la puerta de la cárcel. Con lágrimas en los ojos, una Val desconsolada confesó que solo se había acusado para proteger a su hijo de la prensa, temerosa de que nadie creyera en su versión de los hechos. También filtró a los medios unas pruebas de paternidad falsas que revelaban que Roi era hijo de Matías Wagner. Viajó a Santiago de Compostela para mantener una charla con Nuria Sierra. Finalmente, eligió el primer día de agosto para marcharse, sabiendo que Roi ya estaría de vacaciones y que, con un poco de suerte, Val tampoco estaría en la ciudad. Se equivocó.

—¿Qué significa esto, Alonso?

—Ya lo sabes.

—No, no lo sé. ¿Qué mierda es esta? ¿Qué significa ese correo que has mandado al consejo de dirección?

—No hagamos esto más penoso, Val.

—¿Es porque maté a un hombre? ¿Es eso?

—Estás perdiendo facultades. Antes eras capaz de adivinar todo lo que pensaba. ¿Crees que me importa algo que hayas matado a ese tipo? Yo lo habría matado por ti, si me lo hubieras pedido. Igual que arreglé esa pantomima de juicio. Igual que mentí y falsifiqué documentos. Por ti.

—Es por Roque —comprendió de golpe—. Alonso, no sé qué piensas, pero tienes que creerme, yo ya...

—Tú ya no lo quieres —la interrumpió él—. No te esfuerces, Val, ya lo sé. No hace falta que me lo expliques. Puede incluso que nunca lo hayas querido. Es bueno que lo sepas. Ahora que te has dado cuenta, seguramente serás más feliz. Lo que no te perdono y creo que nunca te voy a perdonar es que me mintieras durante nueve años. Porque me mentiste.

—Yo nunca...

—Me mentiste, levantando la sombra de Matías entre nosotros. Eso no fue lo que habíamos acordado. Esto no funcionaba así. Éramos un equipo. Y sin embargo, tuve que adivinarlo todo yo solo. ¿Qué creías? ¿Que no lo sabría? ¿Que me limitaría a ordenar tus papeles y a mantenerme al margen? Te sobraba gente en esta compañía para eso. Creí que yo era algo más que el hombre de los recados. No te preocupes. No fue difícil. En cuanto me ordenaste comprar Santa Catalina, lo tuve claro. En fin, estamos en paz. Te rescaté. Soy el hombre del museo. —Negó con la cabeza y siguió metiendo cosas en la caja—. Aunque también estaba equivocado en esto. Las mujeres como tú no necesitan que nadie las rescate. Y menos un hombre.

—Veinticuatro horas. Piénsalo ese tiempo, y si después aún quieres marcharte, hazlo. Dame veinticuatro horas, Alonso.

—No necesito veinticuatro horas. Yo no soy Val Valdés y esto no son negocios —dijo él sin mirarla—. Llevo más de nueve años sabiendo que esto no tendría otro final. Siempre me lo dejaste claro.

—¿Y ahora?

—Ahora ¿qué? Ahora estoy cansado, Val. No me necesitas. Y yo no puedo quedarme aquí, viendo cómo entras y sales de la cama de Echeverri o cómo pasas sin llamar a mi despacho o a mi vida.

—Eso no es justo.

—La vida no es justa, Val.

Él cerró la caja y ella se acercó a él. Por un momento, ella pensó en besarlo.

—Ni se te ocurra, Val —la detuvo él.

—¿El qué?

—Ya sabes qué.

Se acercó a ella y le dio un abrazo. Estuvieron unos segundos así. Más cerca de lo que habían estado en los últimos nueve años. E infinitamente más lejos.

Luego salió dejándola sola.

Sola de verdad.

Sobreviviendo

VAL
Madrid, 27 de enero de 2015

«El teléfono móvil al que llama está apagado o fuera de cobertura en este momento. Deje su mensaje después de la señal». Esa era la única respuesta que obtenía cada vez que llamaba al número de Alonso. Y aun así, seguía marcándolo, con la esperanza de que algún día él le contestara. A veces le hablaba. Como si estuvieran en los jardines de la clínica Barver. Como cuando entraba en su despacho a cualquier hora del día y apoyaba los codos en su escritorio con la única intención de hablar de nimiedades. Y le contaba mil cosas. Él siempre había sido el único capaz de entenderla. Leía en ella. Conocía los mecanismos ocultos de su mente. Por esa misma razón, ella sabía que no la iba a perdonar. Ni siquiera apareció por el funeral de Emilia, a pesar de que lo había buscado en vano entre los bancos de la iglesia.

Y por eso lo seguía llamando. Se acostumbró a hablar con esa máquina. Perdóname, Alonso. Escuchaba ese pitido una y mil veces, y otras tantas volvía a pedirle perdón. A veces fantaseaba con su respuesta. Imaginaba que discutían un contrato, un plan de expansión. Ese era el territorio seguro. El de los números. El de las leyes. El territorio en el que ambos se completaban. Otras, rememoraba su última conversación y quería decirle que no le había mentido; si acaso, solo se había callado, pensando que él la encontraría al otro lado de su silencio.

No era fácil vivir sin él. Comprender que volvía a estar sola. Mirarse en el espejo y encontrar a Val Valdés. Tomar conciencia de que ya estaba preparada para ser esa mujer. De repente, todas las conversaciones demoradas durante todos esos años fueron surgiendo. Eran conversaciones innecesarias, porque Alonso siempre había conocido todas sus verdades. Quizá fue ese el motivo por el que él nunca había llegado a su rincón más secreto. Porque la que ella consideraba su única verdad nunca fue real.

Por eso había tomado esta decisión. Estaba harta de hablar con esa máquina. Necesitaba que él la escuchara. Necesitaba contarle que se había reconciliado con el pasado. Que ahora, por fin, sabía quién era. Que lo había asumido. Que una no puede mentirle al espejo. Que la mujer que fue había hecho las paces con la que era ahora. Y que quería que conociese a esa mujer.

Necesitaba que la viera. Necesitaba contarle que a veces tenía tanto miedo a estar sola que no podía respirar. Y solo había una forma de que él la escuchase.

Sacó un espejo del bolso y echó una última ojeada a su rostro. Seguía estando muy bien para su edad. Llevaba un maquillaje ligero. El pelo ya le había crecido y lucía una melena a la altura de los hombros. Se puso de nuevo las gafas de sol. Era ridículo estar nerviosa, pero lo estaba.

La hicieron pasar a la sala. En esta ocasión eran tres hombres. Notó que el estómago le daba un vuelco. Podía hacerlo. Una vez más. Se quitó las gafas. Se sentó y cruzó las piernas. Se había apuntado con otro nombre. Fijó sus famosos ojos verdes en el director de casting. Quince ediciones. El mismo programa. La misma sala. La misma necesidad acuciante. El mismo miedo. La misma esperanza. Las mismas ganas de reinventarse. El mismo vértigo. Ni rastro de la mujer que fue.

—Buenos días, señores —dijo ella mientras se percataba del gesto de sorpresa en sus ojos—. Me llamo Tina González, pero soy Valentina Valdés. Aunque, como ya saben, todo el mundo me llama Val.

Agradecimientos

Le escuché un día a Pedro Mairal que uno no es nadie para juzgar al escritor que fue en el pasado. He tenido que luchar contra este sentimiento. Esta nueva edición de *Sobreviviendo* aúna a la Arantza que acometía su primera novela con la Arantza del 2021, la que ha extendido los límites de esa primera edición para crear a una nueva Val Valdés. Más fuerte, más libre, sin los constreñimientos de las bases de un concurso. Esta es una nueva novela. Gracias, Lumen, y gracias, Galaxia, por permitirme unir a ambas Valentinas. Por permitirme unir a las dos escritoras: la que fui y la que soy.

Gracias a todos los que seguís al lado de las dos Arantzas. Sabéis que la escritura me ha cambiado la vida. Pero seguís a mi lado.

Sabéis quiénes sois. No necesito nombraros en todas mis novelas. Pero no me dejéis. Vuestra amistad y amor me hacen mejor persona.